KB066087

마음을 길어 올리는 시간

* 이 도서의 국립중앙도서관 출판시도서목록(CIP)은 서지정보유통지원시스템 홈페이지(http://seoji.nl.go.kr)와 국가자료공동목록시스템(http://www.nl.go.kr/kolisnet)에서 이용하실 수 있습니다.
(CIP제어번호: CIP2019005324)

안하림의 인문학 우화 01

마음을 길어 올리는 시간

안하림 지음

들어가는 글

낯선 생각에 관하여

이 책은 생각하는 삶을 위한 철학적 에세이라고 말하고 싶습니다. 또한 인문학의 키워드인 '나는 누구인가'를 사유하게 하려는 의도를 분명히 가지고 있습니다.

나는 여러분들이 자유정신으로 살기를 바랍니다. 자유정신이란, 주인적인 삶을 사는 것을 말합니다. 우리는 자기 자신의 주인이자 이 세계의 주인이어야 합니다. 자유정신을 가진 주인이란 자기극복의 삶을 위해서 자신에게 필요한 것들을 만들고 창조해내는 존재입니다.

생각하는 인간은 자기 스스로를 분만하는 예술작품이며, 모두 삶의 예술가들입니다. 하지만 그것이 나만의 삶을 만들어가는 데서 끝나는 것이 아닙니다. 내가 살고 있는 이 세계도 더불어 사는 세계로 만들어가야 하고, 그럼으로써 모든 이들이 세계의 주인이어야 합니다. 내 외부의 사람들도 저마다 '힘에의 의지'의 주체로 각자 자신의 삶을 형성하고 있습니다. 그들과 함께 이 세계를 형성하는 그런 존재가 바로 '나'입니다. 자기 삶의 주인이자 자기 삶의 예술가가 되는 존재, 이 세계를 다른 주체들과 함께 동시에 같이 만들어가는 존재가 바로 '나'이죠. 따라서 모든 것에 '존재의 의미와 필연성'을 확보해야 합니다.

존재하는 모든 것이 다 중요하고 의미가 있습니다. 내가 살고 있는 이 삶을 구성하는 것에서 빼버릴 것은 아무것도 없습니다. 나는 없어도 되는 존재가 아니라 꼭 있어야 하는 존재, 나를 위해서도 그렇고 타자들을 위해서도 그렇습니다. 영원성을 추구하는 마음, 존재하는 모든 것에 긍정하는 마음을 가져야 합니다. 그러나 긍정하는 삶을 살기 위해서는 매순간 성찰을 통해 자기 자신을 돌아봐야 합니다.

프리드리히 니체가 제안한 '사유실험'을 해볼까요. 어떤 악마가 그대들에게 다가와 속삭입니다.

"네가 지금 살고 있고 살아왔던 현재 모습 그대로 하나도 변하거나 제하거나 감하거나 추가하지 않고, 그 모습 그대로 영원히 반복된다면 좋으니 싫으니?"

그 악마의 목소리, '영원히 그 모습 그대로 반복된다'는 악마의 목소리가 누군가에겐 '축복'으로 들릴 수도 있고 '저주'처럼 들릴 수도 있습니다. 축복으로 들린다면 자기 삶에 만족하고 자기 삶이 사랑스럽고 자신이 자랑스러운 사람입니다. 그는 삶의 주인이 되기 위해 계속 노력하면서 사는 존재이며 건강한 사람입니다. 하지만 영원히 반복될 것이라는 말이 저주처럼 들리는 사람은 이렇게 또 살라는 것에 저주하고 '짐승'으로 가려고 합니다.

우리가 사유를 위해 악마의 목소리를 들어야 하는 이유는 무엇일까요. 짐승 인간처럼 되어 악마의 목소리를 저주처럼 듣지 말고, 축복처럼 들리는 아름답고 선한 삶을 살기 위해서입니다. 매 순간 순간 내 '힘에의 의지'로 이런 사유실험을 해야 합니다. 매 순간 '실존적 결단'을 하는 것이죠. 지금 이것이 영원히 계속되어야 할까? 그러면 좋은가? 저주인가? 지금 그대로 영원히 살아야 한다는 악마의 말이 저주로 들린다면 그는 '인간말종'이며 주인의식이 아니라 '노예'처럼 사는 존재라고 프리드리히 니체는 말합니다.

자기 자신을 '경멸'할 줄 모르는 사람들이 있습니다. 자기를 경멸할 줄 모른다는 것은 '자기비판'이 안 된다는 것이고, 자기비판이 없으니 '자기극복'을 할 이유도 없습니다. 자기 내부의 창조적 힘에 대한 자각도 없고 창조적 힘을 활용할 이유도 없으며 '힘에의 의지'를 활성화시킬 이유도 없는 것입니다. 스스로에게 왜냐고 물어보십시오. 매 순간 순간 나는 과연 '주인'이 되는 삶을 구성하려고 생각하는 나로 살고 있는지…….

고맙고 사랑합니다.

2019년 2월

안하림

차례

신발 주인

언제부턴가 민규에겐 이상한 버릇이 하나 생겼습니다. 신발장에 있는 신발을 매일 꺼내놓는 것입니다.

아이가 학교에 가면 엄마는 그 신발을 원래대로 신발장에 다시 넣어놓습니다. 학교에서 돌아온 민규가 또다시 신발을 꺼내놓지만, 엄마는 아이에게 화를 낼 수 없습니다.

민규가 말하지 않아도 엄마는 그 이유를 잘 알고 있습니다. 할머니가 돌아가시고 엄마가 아빠와 헤어지게 된 후 현관에 벗어놓은 신발들이 줄어들었기 때문입니다. 민규에게는 가지런히 놓인 신발이 한 사람, 두 사람, 세 사람의 가족이었던 것입니다.

잘못된 질문

어느 날 동생이 형에게 물었습니다.

"형아는 아빠가 좋아? 엄마가 좋아?"

"아빠."

이번에는 형이 동생에게 묻습니다.

"넌, 엄마가 좋아? 아빠가 좋아?"

"난, 엄마."

우리는 종종 잘못된 질문을 하고 답을 기다리고 있진 않은가요. 아이들은 먼저 나오는 단어에 이끌리게 마련입니다. 아빠가 더 좋고 엄마가 덜 좋아서가 아닙니다. 누가 더 좋으냐고 다시 물어보면 엄마, 아빠 둘 다 좋다고 대답합니다.

하나를 선택하는 순간 편견이 시작됩니다. 사랑은 누가 더 좋은 것이 아니라 다 좋은 것입니다.

첫사랑이 이루어지지 않아서

어느 날 엄마 아빠가 말싸움을 하고 있었습니다. 싸움은 엄마의 첫사랑인 교회 오빠로 시작해 아빠의 첫사랑인 동네 순덕이로 막을 내립니다. 그러곤 돌아서면서 각자 한마디로 치명타를 날립니다.

"그때 그 오빠하고 결혼할걸 그랬어."

"아직까지 시집도 안 갔어."

부부싸움을 듣고 있던 사춘기 아이는 생각합니다.

'도대체 두 사람은 왜 결혼했을까? 첫사랑은 이루어지지 않는다는 전설 때문이었을까? 그렇다면 난 왜 태어났을까? 아, 첫사랑에 실패한 남녀만이 결혼을 해서 나처럼 멋진 아이를 낳을 수 있는 건가. 첫사랑, 그거 해볼 만하네.'

아이는 단번에 어른이 되고 말았습니다.

불행할수록 행복할수록

행복해지면 작아지는 벌레와 불행해지면 커지는 벌레가 살고 있었습니다. 불행해지면 커지는 벌레가 행복해지면 작아지는 벌레에게 말했습니다.

"넌 참 안됐다. 점점 작아지다니……."

"내가? 아니야. 난 작아질수록 행복해. 작아질수록 먹는 것도 조금 먹지, 사는 곳도 작아도 되고, 무엇보다도 사람에게 밟힐 염려까지 작아졌지 뭐야."

"어머, 그러셔요? 그러다가 시야에서 완전히 사라지겠네."

"아, 거기까진 미처 생각하지 못했는데. 고마워, 친구야. 네 말처럼 정말 보이지 않는 존재가 된다는 건 신나는 일이야. 어디에든 있을 수 있거든."

그렇게 시간이 흘렀습니다. 어느 날 행복해지면 작아지는 벌레가 정말 사라졌습니다.

"어딨니? 어딨어? 제발 모습을 보여줘!"

불행해지면 커지는 벌레는 몸집이 커질 대로 커져 자신의 시야에서 사라져버린 친구를 애타게 찾고 있습니다.

불행은 불행할수록 눈덩이처럼 커지지만, 행복은 행복할수록 작아지는 겸손이며 긍정입니다.

새는 날고 있지 않다

선생과 제자가 평화롭게 하늘을 날고 있는 새들을 올려다보고 있었습니다.

"선생님. 저도 저 새들처럼 하늘을 날고 싶어요."

"새는 날고 있는 것이 아니라 가고 있는 것이다."

"네? 선생님도. 분명히 날고 있잖아요?"

"새는 날고 있는 게 아니라 떨어지지 않으려고 애쓰는 중이다."

"에이, 선생님도. 그 말이 그 말이잖아요. 날고 있다는……."

"새는 날고 있는 것이 아닌데도 잠시 네 눈에 그렇게 보일 뿐이다."

"정말 안 보이세요? 새들이 날고 있는 게……."

"새는 날고 있는 것이 아니라 떨어지고 있다."

제자는 눈에 보이는 것만 보고 선생은 눈에 안 보이는 것을 보고 있습니다. 하지만 요즘 세상은 어떤가요? 선생은 눈에 보이는 것만 가르치고 제자는 눈에 안 보이는 것만 찾고 있지 않나요?

낯선 생각이 세상을 바꾼다

내가 가장 싫어하는 건 그 싫어한다는 말입니다. 내가 가장 좋아하는 건 그 좋아한다는 말입니다. 그 중간을 바라보는 것, 그 경계가 바로 낯선 생각입니다. 누군가 싫어하는 걸 좋아하고 누군가 좋아하는 걸 싫어하는 그 경계에 서 있을 때, 모양이 다르고 색도 다르며 맛이 다른 생각이 찾아옵니다.

녀석들은 조금 거칠고 길들여지지 않았어도 제 스스로 존재합니다. 비교의 대상이 없는, 오직 자신만의 세상에서 제멋대로 생각하는 것, 그러나 지극히 인내할 줄 아는 침묵의 존재들…… 낯선 생각 하나가 너와 나 그리고 세상을 바꿉니다.

엄마는 엄마 이야기 없어요?

별이 엄마는 아이들이 잠들기 전 열심히 동화책을 읽어줍니다. 상상력을 키워주는 꿈과 모험에 관한 이야기와 행복한 결말을 가진 아름다운 이야기들입니다.

어느 날 밤 여느 때처럼 졸음을 쫓아가며 열심히 동화책을 읽어주던 엄마에게 별이가 물었습니다.

"엄마, 엄마는 엄마 이야기 없어요?"

별이의 갑작스런 질문에 엄마는 당황했습니다. 아무도 궁금해하지 않았기에 생각해본 적 없는 나의 이야기, 나의 동화. 그런데 아무리 생각해도 별이에게 들려줄 만한 이야기가 떠오르지 않았습니다. 어느새 학교 갈 나이가 된 딸아이가 괜히 얄미워졌습니다. 그러다 문득 빠져나갈 방법이 번쩍 머릿속을 스쳤습니다.

"왜 없어? 있지."

"정말?"

"바로 너! 우리 별이가 엄마의 동화이고 사랑 이야기란다."

별이는 미소 지었지만 엄마는 조금 미안해졌습니다.

누군가 따라온다는 건

앞차가 뒤차에게 말했습니다.

"따라오지 마!"

뒤차가 대답합니다.

"따라가는 거 아니야."

앞차가 다시 말합니다.

"계속 따라오잖아?"

뒤차가 말합니다.

"나도 가는 길에 네가 앞에 갈 뿐이야."

그러다 두 갈래 길이 나왔습니다. 앞차는 왼쪽으로, 뒤차는 오른쪽으로 갔습니다. 앞차는 계속 백미러를 살폈습니다.

누군가 따라온다는 건 외롭지 않은 것입니다. 앞차 덕분에 뒤차는 안전하게 따라올 수 있었겠지요. 또 당신이 누군가의 앞에 있다면 그의 안내자라는 사실을 잊지 마세요.

심장이 두근거릴 때

소녀가 물었습니다.

"착한 일을 하면 왜 심장이 두근거리지?"

"응. 그건 심장이 기뻐하는 거야."

소년이 대답했습니다. 소녀가 고개를 갸우뚱하며 혼잣말을 했습니다.

"이상하네. 나쁜 일 할 때도 심장이 두근거리고 빨리 뛰던데."

소년이 빠르게 말했습니다.

"그건 양심이 화를 내는 거고."

그러자 소녀가 물었습니다.

"양심이 뭐야?"

"나쁜 일 못하게 막아주는 브레이크 같은 거."

옆에서 듣고 있던 어른이 이상야릇한 미소를 지면서 말했습니다.

"흠. 역주행이 얼마나 스릴 있고 재미있는데. 인생 뭐 있어. 밟는 거지, 엑셀을 힘껏……."

특별한 '보통 사람'

해마다 자신의 이름을 밝히지 않고 기부하는 사람들이 있습니다. 그중에서도 수십 년째 같은 장소에 큰돈을 가져다 놓고, 그 장소를 전화로 알려주는 익명의 기부자가 있습니다.

한 노인이 올해에도 적당한 장소를 찾아 일 년 동안 모은 기부액을 놓고 막 돌아서려 했을 때 누군가 등 뒤에서 그의 어깨를 툭 치며 불렀습니다. 그는 소스라치게 놀라며 고개를 돌렸습니다.

"누, 누구시죠?"

"왜 놀라세요? 같은 천사끼리……."

"무, 무슨 소립니까? 난, 인간이지 천사가 아닙니다."

"어? 이상하다. 사람들이 당신을 기부천사라고 하던데?"

"그건……."

이 세상에는 수많은 익명의 기부자들이 살고 있습니다. 그들은 모두 보통 사람들입니다. 기부천사라는 이름을 붙여 특별한 존재로 바꾸는 순간, 나와는 상관없는 것처럼 들립니다. 마치 특별한 존재만이 그렇게 할 수 있는 것처럼…….

"올해도 이름을 밝히지 않은 '보통 사람'이 거액이 담긴 봉투를 동사무소 근처 단풍나무 아래에 두고 갔습니다."

기부천사들은 모두 특별한 '보통 사람'입니다. 마음을 나눌 의지로 사랑을 실천한다면 누구나 천사가 될 수 있습니다.

마음의 건축술

자신의 생각만 고집하는 여자가 있었습니다. 그녀는 자신이 하는 말은 모두 옳다고 말했고 다른 사람들의 말은 전부 틀렸다고 말했습니다. 그런 그녀에게도 정말 우연히 사랑하는 남자가 생겼습니다.

"사랑해요."

그녀의 고백에 남자가 대답했습니다.

"나도 사랑해요. 그런데, 당신에게 한 가지 묻고 싶은 게 있어요."

"네, 뭐든지 물어보세요."

"사랑이 뭐라고 생각하죠?"

남자의 질문에 여자가 슬픈 표정으로 말했습니다.

"사랑은…… 당신과 나 사이에 있는 오해와 편견을 옳은 것으로 이해하는 과정이죠."

여자의 대답에 남자가 깜짝 놀라며 다시 물었습니다.

"정말 대단해요. 그런데 왜 그랬어요? 그동안 당신 얘기는 무조건 옳고 다른 사람들의 말은 무조건 틀렸다고."

여자는 한동안 대답을 하지 못했습니다. 그러다가 한참 뒤 작은 목소리로 말했습니다.

"그땐 누군가를 아니, 아무도 사랑하지 않았거든요."

어디 그녀만 그럴까요. 우리 역시 자신의 생각에만 빠져 살고 있진 않은지 되돌아볼 일입니다. 사랑은 자신만의 공법으로 지은 성(城)을 허물었다 새롭게 다시 쌓아올리는 마음의 건축술입니다.

동행 1

소년이 재 너머 할머니 집에 다녀오는 사이 해가 지고 말았습니다. 달빛이 비치고 있었지만 소년은 조금씩 무서워져 걸음을 재촉했습니다. 그때였습니다. 어디선가 소년을 부르는 소리가 들렸습니다.

"같이 가……."

소년은 무서움에 못 이겨 달리기 시작했습니다. 그런데도 말소리는 조금 전보다 더 가까이에서 들렸습니다. 금방이라도 붙잡힐 듯하자 소년은 달아나는 걸 포기하고 말았습니다. 그 말소리의 정체는 정말 귀신이었습니다. 할 수 없이 소년은 귀신과 함께 걸었습니다. 그런데 이상하게도 시간이 갈수록 점점 두려움이 사라졌습니다.

동행이란 어둠 속을 함께 걷는 것입니다.

동행 2

말없이 재를 넘자 소년의 집에서 새어나오는 불빛이 보였습니다. 귀신이 소년을 돌아보며 말했습니다.

"넌 내가 무섭지 않니?"

"응. 이젠 안 무서워."

그러자 귀신이 다시 말했습니다.

"난 네가 그냥 먼저 가버릴까봐 무서웠어. 실은 나도 재 너머에는 처음이었거든."

"그렇구나. 그런데, 귀신도 무서움을 타?"

"그럼. 누구든 제일 무서운 건 혼자 있는 거야."

"나도 그런데……."

동행 3

알고 보니 귀신과 소년은 같은 동네에 살고 있었습니다. 소년의 집 앞에서 귀신은 소년에게 달빛과 별빛에 대하여 많은 이야기를 들려주었습니다. 소년도 햇빛과 무지개, 또 낮의 세계에 대하여 이야기해주었습니다. 그러다가 밤이 깊어 소년이 집에 들어가야 했습니다. 귀신이 소년에게 물었습니다.

"넌 이름이 뭐야?"

"민수. 그런데 사람들은 개똥이라고 불러. 둘 다 싫어."

"그렇구나. 사실…… 나도 사람들이 귀신이라고 부르는 게 싫어."

"그래? 그럼 우리 서로에게 이름을 지어주자. 그래서 우리끼리는 그 이름을 부르는 거야. 어때?"

"좋아. 그거 정말 좋다. 내 이름은 뭐가 좋을까?"

"친구. 친구 어때?"

"좋아. 이제부턴 귀신이 아닌 친구가 내 이름이라니 넘 좋다."

"내 이름은 뭐가 좋을까?"

귀신, 아니 친구는 한참을 고민하다가 물었습니다.

"내가 널 처음 봤을 때 뭐라고 말했지?"

"아, 그거? 같이 가……."

"그래, 좋아. 이제부터 너는 같이 가야. 난 친구고."

"너무 좋다. 같이 가. 친구 같이 가."

돼지 저금통

별이의 다섯 살 생일날 엄마는 커다란 돼지 저금통을 샀습니다. 그러곤 축하 카드에 이렇게 썼습니다.

'사랑하는 별아! 이 저금통이 너에게 행복을 가져다줄 거야. 차곡차곡 쌓아서 멋진 미래를 만들어보렴. 아참! 그리고 이 돼지는 밥을 참 좋아한단다.'

사실 별이는 행복이 무엇인지 미래가 무엇인지 잘 모릅니다. 단지 돼지가 밥을 참 좋아한다는 말이 와 닿았을 뿐입니다. 그날부터 별이는 돼지 밥 주기에 열심이었습니다. 엄마는 무척이나 흐뭇했고 집에 찾아오는 손님들에게 별이의 저축 습관을 자랑했습니다.

그러던 어느 날이었습니다. 오백 원짜리 동전이 생겨 밥을 주려는 별이에게 돼지 저금통이 애원했습니다.

"별아, 나 진짜 배부르거든. 그 동전, 나 말고 다른 배고픈 사람들에게 나눠주면 어때?"

엄마는 돼지 저금통이 하는 말을 알아듣지 못했지만 별이는 알아들었습니다. 별이는 손에 꼭 쥔 오백 원짜리를 누구에게 줄지 가만 생각에 잠겼습니다. 처음 돼지 저금통에 밥을 줄 때만큼이나 설레고 기분 좋은 첫 느낌이었습니다.

완벽함이라는 거짓말

수정이는 언제나 별것도 아닌 일을 별것으로 만들곤 했습니다. 그런 수정이에게 정란이가 물었습니다.

"넌 왜 별것도 아닌 걸 별것으로 만드니?"

"난 내가 완벽해서 다른 사람들이 대충대충 하는 게 싫어."

정란이가 집에 돌아가자 거울이 수정이에게 말했습니다.

"수정님, 수정님. 왜 나를 보지 않으세요?"

거울이 말을 하자 수정이는 깜짝 놀라며 말했습니다.

"내가…… 왜 널 봐야 하는데?"

그러자 거울이 다시 말했습니다.

"자신이 누구인지를 모르는 사람은 완벽할 수 없답니다. 완벽이란 거짓말의 다른 말이에요."

수정이는 화가 나서 말했습니다.

"아니야. 난 완벽하단 말이야. 네까짓 거울이 뭘 알아?"

그러자 거울이 부드러운 목소리로 말했습니다.

"저를 보세요. 저를 보세요."

하지만 수정이는 끝내 거울을 보지 않았습니다. 거울에 비칠 자신의 모습이 두려웠습니다. 그녀는 잘 알고 있었습니다. 자신이 별것도 아니라는 것을.

존재의 의미

월요일이 화요일에게 말했습니다.

"혹시 알고 있나요? 내가 시작이라는 걸."

"무슨 말을 하고 싶은 거죠?"

"아니, 그냥…… 당신은 내가 있어야…… 존재한다는……."

"그럼, 당신은 일요일이 있어야 존재하겠네요?"

"그, 그렇지 않아요. 내가 처음 시작이고 일요일은 끝이라고요."

"시작이 무슨 의미가 있죠? 오늘이 무슨 요일이에요?"

"화요일……."

"바로 그거예요. 오늘은 나의 날이에요."

존재는 타자를 통해 의미를 부여받습니다. 하지만 중요한 건 그것은 자신의 존재감을 느끼는 이에게만 허락된다는 사실이지요.

봄꽃을 닮은 사람

봄꽃이 여인에게 말했습니다.

"저를 왜 보죠?"

"예뻐서……."

"그게 아니고, 닮아서겠죠."

여인은 봄꽃의 말에 너무 행복했습니다. 자신에게 꽃이 꽃을 닮았다고 말한 것에 기분이 좋아서였습니다.

"왜 행복하세요? 왜 웃고 있죠?"

꽃이 다시 말했습니다.

"그건…… 네가 닮았다고 해서……."

"슬픈 말인데, 행복해하니 다행이네요. 피자마자 시들고 떨어지는 내 삶과 닮았다고 했는데. 행복해하니 정말 다행이에요."

여인은 잠시 멍하게 서 있다가 떨어진 꽃잎에서 자기 자신을 보았습니다.

아빠

어느 인문학자가 말했습니다.

"언어는 인간이 생각하는 모든 것들을 자유롭게 표현할 수 있을 때 비로소 완성된다."

그러자 일곱 살 소년이 말합니다.

"아빠!"

"응!"

언어는 가지치기입니다. 압축과 함축으로 소통할 수 있습니다.

아빠라는 단어에 모든 걸 인식하는 언어의 세계가 있습니다. 사랑이라는 단어는 세상 모든 것의 줄임입니다.

실연의 비밀

실연을 당한 소년이 기도합니다.

"저는 여자의 마음을 알 수가 없습니다. 실연의 고통이 너무 커서 견딜 수가 없습니다."

그러자 신이 응답했습니다.

"나도 실연을 당해봐서 네 마음 잘 안다. 실연이란 정말 고통스러운 것이지……."

"네? 전능하신 분이 누구에게 실연을……?"

"누구긴? 너지……."

"제가요? 아니 어떻게 감히 제가?"

"넌 지금 여자에게 실연당한 것이 마치 세상 끝난 것처럼 슬퍼하고 있지 않니? 그것이 얼마나 내 마음을 아프게 하는지 넌 모르고 있단다. 아참! 그리고 여자 마음을 너무 알려고 하지 말거라. 사실…… 여자들 자신도 자기 마음을 모르거든."

신은 이어서 친절하게 다시 말했습니다.

"네 덕분에 나도 이제야 실연이 좋은 것이란 걸 알았구나. 이렇게 너와 대화를 할 수 있으니 말이야. 그러니 고마움의 대가로 비밀 하나를 말해주마. 실연을 당해봐야 남자는 여자 마음을 알 수 있고, 여자도 남자 마음을 알 수 있는 거란다."

행복한 사람들의 모임

SNS에 '행복한 사람들의 모임'이라는 그룹이 개설되자 금세 많은 사람들이 모여들었습니다. 그들은 이구동성으로 자신들이 지금 행복하다고 글을 써 올렸습니다. 그러던 어느 날 누군가가 던진 의문이 큰 파장을 일으켰습니다.

"우리가 정말 행복할까?"

그때까지만 해도 그들에게 행복이란 대체로 부자 부모를 만난 것처럼 복되고 운수 좋은 것이며, 생활에서 충분한 만족과 기쁨을 느껴 흐뭇한 기분이나 감정을 말하는 것이었습니다. 그런데 누군가 던진 '우리가 정말 행복할까?'라는 의문은 순식간에 '나는 행복한가?'로 퍼져 나갔고, 결국 그 모임은 혼란스러운 상황에 빠지고 말았습니다. 그때 누군가 안 작가의 〈행복에 관한 정의〉라는 짧은 글을 가져와 올렸습니다.

"행복이라는 것은 흐르는 물에도 제자리에 떠 있는 종이배가 아니다. 종이배가 인생이라면 흐르는 물이 행복. 매 순간 행복은 우리들

인생과 함께 동행하고 있지만 우리는 그걸 알지 못한 채 가끔 자신이 멈추어 본 것을 느끼고 아는 것을 행복으로 착각한다. 삶에 있어 행복은 단 한 번도 없었던 적이 없다. 단지 잠깐 발견한 사람과 발견하지 못한 사람들의 부질없는 논쟁만 있을 뿐."

안 작가의 글이 올라오자 '행복한 사람들의 모임'은 차츰 안정되어 가며, 행복에 대한 인문학적 사유를 하기 시작했습니다.

그런데 얼마 후 또 하나의 그룹이 SNS에 개설되었고 사람들은 너도나도 가입하기 시작했습니다. 그 모임의 이름은 '불행한 사람들의 모임'이었습니다.

불행한 사람들의 모임

'불행한 사람들의 모임'이라는 SNS 그룹이 뜨거운 열기로 집단화되면서 부정적 인생관이 심각한 사회 문제로까지 확산되었습니다. 그들이 주고받는 대화나 글은 온갖 부정적인 단어와 문장들로만 이루어졌습니다. 그때 누군가가 "우리는 정말 불행한가?"라는 글을 올렸고, 그룹 내부에서는 일대 혼란이 벌어졌습니다.

"당장 자진 탈퇴하라!"

누군가는 심지어 욕까지 하면서 그런 의문은 자신들의 모임을 부정하고 깨뜨리려는 것이라고 주장했습니다. 곧이어 다른 회원이 쓴 또 다른 글이 올라오자 모두가 다시 한 번 경악했습니다.

"불행을 즐기는 것은 행복이 아닌가?"

거기에 수긍하는 의견들이 나타났고, 회원들의 입장이 양분되면서 급기야 양쪽 진영이 서로에게 탈퇴를 종용하는 상황이 되자, 회원들은 광화문광장에서 모임을 갖자는 제안을 하기에 이르렀습니다. 양 진영의 대표자들은 그룹 개설자에게 중재를 요청했고, 마침내 수많은 인파들로 붐비는 광화문광장에서 희대의 토론이 이루어지게 되었습니다. 사회자로 지목된 회원이 마이크를 잡았습니다.

"여러분! 우리 모임을 개설한 닉네임 도무지님을 모시고 의견을 들어보겠습니다."

잠시 후 마련된 단상으로 한 사람이 올라왔는데, 그는 참가자 중 유일하게 가면을 쓰고 있었습니다.

"음, 존경하고 사랑하는 '불행한' 여러분! 저는 이 모임을 최초로 만든 도무지입니다. 도무지란 옳고 그른 것을 다스리는 사람을 말합니다. 지금 우리 모임이 몇 가지 질문들로 해체 위기에 처해 있습니다. 그게 말이나 됩니까? '우리는 정말 불행한가?' 이 질문이 뭐 그리 대단합니까? 여기 모인 우리는 자신이 불행하다고 생각하는 사람들입니다. 그 질문에 반대하는 사람들은 자신이 불행하기는 해도 정말 불행하다고는 생각하지 않는다는 것 아닌가요? 그리고 '불행을 즐기는 것은 행복이 아닌가'라는 건 불행의 정체성에 대해 질문한 것이 아니라 행복에 대해 질문한 것인데, 그게 뭐 어쨌다는 겁니까?

여러분들은 자신의 불행을 다른 불행한 사람들과 나누고 있습니다. 그 이유가 무엇입니까? 내 불행을 통해 다른 사람들의 불행을 이해하고 공감하면서 아픔을 나누기 위해서 아닙니까? 그런데 지금 여러분들의 모습을 보십시오. 너도 나처럼 똑같이 불행해야 된다고 말하고 있습니다. 모임의 취지를 오해한 사람들이 주류가 되면서 많은 것이 왜곡되었습니다. 그래서 저, 도무지는 이 모임에서 자진 탈퇴하겠습니다."

발언을 마친 그는 대기하고 있던 승용차로 들어가기 전에 가면을 벗었습니다.

"아니, 저 사람은…… 안 작가?"

그는 의아한 눈으로 자신을 바라보는 사람들을 돌아보았습니다. 우리는 정말 불행한가? 불행을 즐기는 것은 행복 아닌가? 그가 던진 질문과 답이었습니다.

순리

새벽이 시작되고 있었습니다.

"쉿! 이제부터 너희들은 잠자코 있어야 해. 움직이는 것도, 작아지고 커지고 하는 것도 잠시 멈춘 듯 보여야 해."

"오늘, 또? 도대체 언제까지 이래야 되는 건데?"

"불평하지 마! 저녁때가 되면 너희들의 시간이 주어지잖아."

"우리 그냥 같이 존재감을 나타내면 안 돼?"

"무슨 소리야? 그건 결코 해서는 안 되는 일이야. 순리를 거스르는 행동이라고."

태양이 빛을 낼 때 그리고 달이 빛을 낼 때, 또 별이 빛을 낼 때, 서로에게 양보하는 것. 인간이 그걸 이해하고 깨달을 때까지 해와 달과 별은 우리에게 동시에 빛나는 기적의 순간을 보여주지 않을 것입니다.

사랑은 하나가 되는 것

어느 날 소년이 소녀에게 물었습니다.

"무슨 생각 해?"

"응, 네 생각."

"어? 어떻게 알았어? 내가 내 생각하는지."

"그게 아니라 내가 네 생각한다고."

"그러니까 어떻게 알았냐고. 내가 내 생각하는지."

"아니 그게 아니고, 바보야. 내가 네 생각한다고."

"아, 답답해. 그러니까, 내가 내 생각하는 거잖아. 지난번에 새끼손가락 걸면서 네가 한 말 기억 안 나? 이제부턴 우린 하나라고."

우리는 소중한 의미도 말로만 전합니다. 사랑은 진정 하나가 되는 것입니다. 네가 내가 되고, 내가 네가 되는 것입니다.

마음이 아플 때 먹는 약

"할머니, 마음이 왜 아프죠?"

"왜 키 클 때 성장통을 앓는다잖니. 그렇듯 마음도 잘 자라기 위해선 아파야 하는 거란다."

"그럼, 다 자란 어른들은 마음이 아프지 않겠네요?"

"아니, 그렇지 않아. 마음은 다시 작아지거든. 이 할미의 키가 작아지는 것처럼 마음이 작아질 때도 아프단다."

"그럼, 아프지 않을 방법은 없어요?"

"왜 없겠니? 몸이 아프면 약을 먹듯이 마음이 아플 때도 약을 먹어야지. 아프지 않은 사람이 아픈 사람을 꼬옥 껴안아주는 약……."

손녀는 할머니를 꼬옥 안아주었습니다.

성공을 위한 조언

어느 날 교수직으로 명예퇴직을 한 선배가 안 작가를 찾아왔습니다.

"어서 오십시오, 선배님. 명예퇴직을 축하드립니다. 고생 많으셨습니다."

하지만 선배는 침울한 분위기로 말했습니다.

"자신이 없네. 아내하고 식당을 하기로 했는데, 경험이 있는 것도 아니고……."

안 작가는 선배의 말을 듣고 한참이나 고심했고 두 사람은 밤을 새워가며 이야기를 나누었습니다. 그리고 선배는 예정대로 식당을 오픈했습니다. 그리고 안 작가의 조언대로 식당 간판을 "한국에서 가장 맛있는 집"이라고 했습니다. 또 "사전 예약. 오직 3인 이상만 예약 가능"이라고 입구에 또 다른 간판을 세웠습니다.

식당은 대성공이었습니다. 오픈한 지 육 개월이 지났는데 사전 예약이 모두 꽉 차 아직 안 작가도 찾아가보지 못하고 있습니다. 그 선배의 성공 소식을 들은 다른 선배들이 안 작가를 찾아와 물었습니다.

"도대체 자네가 뭐라고 조언을 했길래 그 친구가 그렇게 금방 대박

집으로 성공할 수 있었던 거야?"

"아, 별 얘기 안 했어요. 밥은…… 혼자 먹으면 맛없다고 했죠. 식당이 망하는 건, 혼자 먹는 사람들이 맛없다고 소문을 내기 때문이거든요."

생각하며 산다는 것

어느 철학자가 생각하지 않고 사는 사람에게 물었습니다.

"그대는 생각하는가?"

"아니오. 생각하지 않고 삽니다."

"왜 생각하지 않고 사는가?"

"생각이 무엇인지 모르기 때문입니다."

"아니다. 그대는 생각이 무엇인지 안다."

"네? 제가 생각이 무엇인지 알았다면 저도 생각하고 살았을 거예요."

"그대는 지금 생각이 무엇인지 모르며 생각이 무엇인지 알았다면 생각하고 살았을 것이라고 말했다."

"네. 분명 그렇게 말했습니다."

"그렇다. 그래서 그대는 지금 생각한 것이다. 생각하지 않고는 그렇게 말할 수 없다. 그대가 생각하지 않고 산 것은 단지 게을러서이다. 생각이란 끊임없이 자신을 움직이는 것이다."

탁월성을 가진 인간에게 무엇인가 낯선 생각을 한다는 것은 가장 쉬운 일입니다. 그러나 사는 대로 생각할 수는 없습니다. 생각이란 행동 이전의 것이기 때문입니다.

할머니와 보름달

밤하늘을 올려다보던 아이가 달려오며 소리쳤습니다.

"할머니, 방금 별이 떨어졌어요."

마루에 앉아 있던 할머니가 혼잣말을 했습니다.

"그렇구나. 누군가 또 오늘밤에 죽겠구나."

"별이 떨어지면 사람이 죽어요?"

"그렇단다. 별이 떨어지면 누군가 죽어 별이 떨어진 자리로 간단다."

"그럼…… 사람이 죽으면 별이 되는 거예요?"

"그렇지."

아이는 할머니의 말을 이해할 수 없다는 듯이 고개를 저었습니다. 그러다가 문득 생각난 듯이 물었습니다.

"그럼 할머니도 죽으면 별이 돼요?"

"난 달이 되고 싶구나. 우리 손자 밤길 무섭지 않도록 환하게 비추는 보름달."

할머니가 돌아가시고 나서 아이는 보름달을 가리키며 말합니다.

"우리 할머니야."

누군가의 행복

어느 날 행복한 사람이 행복하지 않은 사람에게 물었습니다.

"넌 왜 행복하지 않아?"

"너 때문에 그렇지."

"내가 뭘? 널 괴롭힌 적 없는데."

"그래, 괴롭히지는 않았지. 단지 네가 내 행복을 가져갔을 뿐이지."

오늘 내가 누리는 행복은 다른 누군가가 잃어버린 그것일지도 모릅니다.

사과 하나가 떨어지자

사과 하나가 툭 떨어졌습니다.

과수원 아저씨가 속으로 말했습니다.

'아, 돈이 날아갔다.'

옆에 있던 아들은 뉴턴을 떠올렸습니다.

'저게 만유인력의 법칙인가보다.'

사과에 붙어 있던 무당벌레는 큰 충격을 받았습니다.

"어쩌지? 내가 너무 뚱뚱한가봐."

쿵 소리와 함께 날벼락을 맞은 지렁이는 울음을 터뜨렸습니다.

"난, 이제 아내 없이 혼자 살아야 하는구나."

고작 사과 하나가 떨어졌을 뿐인데 그사이에 많은 일이, 많은 생각들이 일어났습니다.

이 모든 장면을 지켜본 까치가 떨어진 사과에게 물었습니다.

"넌? 무슨 생각 해?"

"휴우. 이제 좀 살 것 같아. 그동안 매달려 사는 게 너무 힘들었어."

쓰레기통에 보관하다

뭐든지 쓰레기통에 갖다 버리는 아이가 있었습니다. 엄마 화장품부터 아빠 시계까지 손에 닿는 대로 가져다 집어넣었습니다. 엄마는 잘못된 버릇이라고 생각했습니다. 결국 화장대에 놓아둔 엄마의 결혼반지까지 버리자 엄마는 회초리를 들었습니다.

"도대체 왜 그러는 거야? 엄마가 그러지 말라고 그랬잖아."

엄마의 화난 목소리에 아이가 울면서 말했습니다.

"엄마가 그랬잖아! 버리는 게 아니라 보관하는 거라고."

"내, 내가 뭘 그랬다는 거야?"

"할머니 유품을 모두 쓰레기통에 보관했잖아."

행복과 불행

어느 날 불행이 행복에게 물었습니다.

"행복하니?"

"아니, 행복하지 않아."

"그게 무슨 말이야? 넌 행복이잖아. 왜 안 행복한데?"

"글쎄, 잘 모르겠어. 그러는 넌?"

"나? 내가 불행하냐고? 아니, 난 행복한데……."

"그게 무슨 말이야? 넌 불행이잖아."

"그러게. 내가 왜 행복한지 나도 잘 모르겠어. 혹시 너와 함께 있어서?"

긍정은 부정과 함께 있을 때 부정적이 됩니다. 부정은 긍정과 함께 있을 때 긍정적이 됩니다. 행복도 불행도 마찬가지입니다. 행복해지고 싶다면 불행으로부터 떨어지십시오. 지금 불행하다고 느낀다면 행복한 사람에게 가까이 가십시오.

솜사탕이라는 작품

어느 날 솜사탕이 구름에게 말했습니다.

"아저씨, 우린 닮았죠?"

"그럼, 닮고말고."

"근데 늘 궁금했어요. 아저씨와 제가 왜 닮았는지."

"그건 사람들의 생각 때문이란다."

"네? 생각이요?"

"사람들은 말이다. 본래 하늘에서 살다 내려간 존재들이란다. 그래서 늘 하늘 보기를 좋아하고, 하늘에서 뭔가를 발견하는 거야. 너도 그렇게 해서 생겨난, 누군가의 생각이 만들어낸 작품인 거지."

"제가…… 작품이라고요? 에이, 사람들이 들으면 웃겠어요."

"아니야. 그렇지 않아. 그건, 사람들이 작품을 꼭 예술 활동으로 얻어진 예술가들의 제작물로만 오해해서 그러는 거야. 여기에는 비밀이 하나 숨겨져 있는데, 사람은 누구나 예술가적 재능이 있다는 사실이지. 그래서 사람들이 만든 그 어느 것도 작품 아닌 것이 없단다."

"음…… 정말요?"

"작품이란 누군가에게 기쁨을 주는 것이란다. 생각해보렴. 그동안 네가 아이들에게 선물해준 기쁨과 행복이 얼마나 많은지. 다 헤아릴 수도 없지. 넌 정말 멋진 작품이야."

삶이 인생에게

삶(life)이 인생(life)에게 말했습니다.

"나…… 화가 나."

그러고는 한숨을 쉬고 나서 다시 말했습니다.

"그러니까 내가 사람들을 속였다는 거야. 그게 말이나 돼! 내가 속였다니?"

그러자 인생이 마른 침을 삼키며 물었습니다.

"누, 누가 그랬는데?"

"푸시킨."

"아, 그 사람? 제정 러시아의 시인이자 소설가이며, 러시아 리얼리즘의 기초를 확립하여 러시아 근대문학의 시조로 불린 그 사람?"

"너…… 정말 그럴래?"

"미, 미안해. 사전에 그렇게 나와 있어서. 그런데, 그 사람이 너를 왜?"

"너. 그 사람 글 안 읽어봤어?"

"아, 이제 알았다. '삶이 그대를 속일지라도……' 그 '시' 때문에 화났구나."

"그래, 맞아. 너, 나랑 함께 살아서 잘 알잖아. 내가 언제 사람들을 속였니? 반대로 그들이 나를 속였지……."

한참 동안 씩씩거리던 삶이, 화가 조금 가라앉은 걸 보고 인생이 조심스럽게 말했습니다.

"미, 미안해. 사실은…… 푸시킨에게…… 내가 말해주었어. 네가 사람들을 속이고 있으니, 슬퍼하거나 분노하지 말라고……."

"뭐? 그게 무슨 말이야? 네가 왜?"

"응. 그가…… 죽으려고 하잖아. 사는 게 힘들다고. 그래서 그냥 위로한답시고…… 미, 미안해. 하지만 이 말도 했었어. 당신은 아직 삶에 대해 몰라서 그렇다. 조금만 참고 살아보면, 삶이 얼마나 행복하고 사랑으로 가득 찬 행복한 것인지 알게 된다고. 근데, 어쨌든 미안해. 그 인간이 글로 남길지 몰랐어."

"음…… 아, 아니야. 사실…… 나도 너를 속이기도 했어."

"뭐? 어떤 말로?"

"응. 인생 별것 없다고……."

"하하, 그 말? 나도 알고 있었어. 근데, 그 말은 정말 멋진 말이야. 맞는 말이고."

"그게 무슨 말이야? 넌 별것으로 가득 차 있는데?"

"그래, 그러니까 별것만 빼고 나면 별것 없잖아? 그리고 사실, 너도 가끔 사람들을 속이기도 하잖아. 희망을 주려고."

"뭐? 하하."

그날 인생과 삶의 웃음소리가 세상으로 멀리멀리 퍼져 나갔습니다.

적응

한국인들과 삼겹살을 구워 먹던 외국인이 물었습니다.

"왜 한국인들은 마지막 남은 하나를 서로 먹지 않으려고 하죠?"

"그건…… 서로에 대해 예의를 지키는 겁니다. 마지막 하나를 양보하려는 전통적인 미덕이죠."

누군가 친절하게 대답해주었지만 외국인은 이해를 못 하겠다는 듯이 고개를 저으며 다시 말했습니다.

"이상해요. 먹을 때는 서로 먹으려고 하다가 마지막 하나를 양보한다는 것이……."

그러자 누군가 또 대답을 했습니다.

"한국에 좀 더 살아봐요. 이해 안 됐던 것이 이해되는 순간을 자주 경험하게 될 거예요."

생각은 생각을 낳는다

생각 하나가 생각에게 물었습니다.

"넌 생각하고 사니?"

"그게…… 무슨 말이야?"

"너, 자신을 아는 것."

"그래? 그럼 난 생각하고 사는 거네. 내 이름이 생각이잖아?"

"아니야. 넌. 전혀 생각하고 살지 않아."

"왜?"

"간단해. 생각은 생각을 낳거든. 그런데, 넌 아직도 생각이잖아."

"생각하는 것은 자신을 아는 것이라며?"

"맞아. 그래서 넌, 너를 모른다는 거야."

말과 존재

입이 말했습니다.

"왜, 말을 해야 하지?"

그러자 귀가 대답했습니다.

"그야, 나를 즐겁게 하기 위해서지……."

그러자 마음이 말했습니다.

"아니야, 나를 아프게 하기 위해서야."

그러자 입이 다시 말했습니다.

"너희들 말도 맞는 것 같은데, 내 생각에는 존재감 같아. 이를테면, 말을 하는 순간 귀가 존재하고 마음이 존재하고 세상 모든 것이 존재하는……."

입은 멈추지 않고 계속 말했습니다. 입에서 나오는 말에 뇌세포들부터 오장육부는 물론 세상 모든 만물이 귀를 기울였습니다.

참나

참나가 무엇이며, 또 참나를 찾아 방황하는 사람이 물었습니다.

"선생님! 도대체 참나는 무엇입니까?"

"존재이며, 인식이다."

"네? 존재이며 인식은 무엇입니까?"

"너다."

"네? 선생님! 저는 참나를 알기 위해 물었는데, 다시 원점으로 되돌아온 느낌입니다. 참나가 무엇인지 다시 한 번 말씀해주십시오."

"묻고 있는 네가 바로 참나이다."

"네? 그게 어떻게 참나입니까? 에고이겠지요."

"안다. 그래서 지금 말하는 너 말고 조금 전에 질문한 너 말이다. 그가 바로 참나이다."

"정말 이해할 수 없네요."

"그래. 방금 그렇게 말한 너, 바로 그가 참나이다."

"아휴. 참나, 미치겠네."

"음…… 축하한다. 드디어 참나를 찾았구나."

느낌표와 마침표

느낌표와 마침표가 심각한 표정으로 두 남녀를 바라보고 있었습니다. 마침표가 느낌표에게 물었습니다.

"남자가 지금 뭐라고 할 것 같아?"

"그야 '사랑해!'라고 하겠지."

"그러니까 넌, 저 남자의 말이 진짜라는 거야? 그래서 저 남자가 '사랑해'라고 하면, 그 옆에 붙겠다는 거야?"

"그렇지."

"만일, 진심이 아니면?"

"글쎄, 그건 생각 안 해봤는데."

"바로 그거야. 너 때문에 불행해진 사람들이 한둘이 아니야. 네가 아무 데고 가서 붙으니까 진심이라고 믿거나 착각하는 거지."

"그러는 넌?"

"나? 난 나를 잘 알아. 난, 진심과는 상관없이 그저 사람들에게 점을 찍어주는 것에 불과해."

"그건 네 생각이지. 때론 네가 나보다 더 사람들에게 상처를 주고 있어."

"내가 언제?"

"몰라? 넌 확신을 주잖아. 사람들은 느낌으로 시작해 확신으로 사랑하거든."

이들의 대화가 끝나고 언제부턴가 느낌표와 마침표가 자취를 감추었습니다. 아마도 그들은 사랑이 진짜일 때만 나타나서 그 끝에 붙기로 한 모양입니다.

사막에 숨겨진 우물을 보았는가

어느 산 아래 형이상학을 이야기하는 수도자가 살고 있었습니다. 그는 자신을 찾아오는 사람들에게 눈으로는 볼 수 없는 세계의 이야기를 들려주곤 했습니다. 많은 사람들이 그의 이야기에 감동했지만 실제로 그런 세계가 있다고는 믿지 않았습니다.

"진짜 실감나네요. 재밌게 잘 들었습니다, 선생님."

그러자 수도자가 고개를 저으며 말했습니다.

"이건 실감난 얘기가 아니라 실제로 내가 본 세계라네."

사막이 아름다운 건 어딘가에 우물을 숨기고 있기 때문이라는 어린 왕자의 말을 떠올려봅니다. 어린 왕자는 정말 사막에 숨겨진 우물을 보았을까요? 네, 보았습니다. 소중한 것들은 눈에 보이지 않고 오직 마음으로만 볼 수 있다는 여우의 말을 믿었으니까요. 하지만 우리는 어떤가요. 눈으로 볼 수 없는 세계란 있을 수 없다고 믿는, 현실 너머를 보는 눈을 잃어버린 어른이 되어 있지는 않나요.

우리가 잃어버리고 놓쳐버린 마음속에는 엄마와 아빠와 형제자매

와 삼촌과 고모와 이모 들이 살고 있습니다. 그리고 밥 짓는 굴뚝에서 연기가 피어오르던 황금 들녘이 보이는 정겨운 마을. 그곳에는 벌거벗은 개구쟁이들이 물장구치고 울고 웃고 뛰어노는 개울과 푸른 동산이 있습니다.

우린 조금씩 느리게 그곳으로 돌아갈 것입니다. 조금씩 아이로 변해가는 엄마 아빠의 모습이 우리를 슬프게 하지만, 그것이 내 모습이며 잃어버린 마음을 되찾아가는 길임을 보여주는 것이죠.

사랑은 안 보이는 간절함으로부터 시작되는 형이상의 세계입니다.

소년의 비밀

영화를 무척이나 좋아하는 소녀가 있었습니다. 소녀는 얼굴도 예쁘고 착했지만 소년들은 그녀 곁에서 오래 버티지 못했습니다. 그녀가 행복할 때는 오직 영화 보는 순간뿐이었으니까요. 하지만 소녀는 영화를 혼자 보고 싶진 않았습니다. 그래서인지 한동안 영화를 보는 내내 행복이 반으로 줄어들었죠. 그러다가 정말 오랜만에 소년을 만났습니다.

"내일 무슨 영화 하는 줄 알아? 기다리고 기다리던 영화가 개봉하는 날이야. 와, 벌써부터 심장이 두근거려. 빨리 내일이 왔으면 좋겠어."

소녀는 신나게 말했고, 수화기 너머에서 소년도 반갑게 대답했습니다.

"와우. 나도 기대돼. 오늘 밤 잠이 오지 않을 것 같아."

소년은 그녀가 좋아하는 영화라면 단 한 번도 거절하지 않았습니다. 항상 함께했습니다.

이 글을 읽는 여러분들에게 비밀 하나를 말해줄까요? 소년의 비밀.

사실 소년은 영화를 좋아하지 않았습니다. 그녀가 영화를 보는 동안에도 행복해하는 그녀의 모습만을 바라보았죠. 누군가는 영화를 더 좋아하지만 누군가는 그 사람을 더 좋아합니다. 사랑은 두 번째가 될 수 없으니까요.

슬픔 속에 흐르는 강물

어느 날 슬픔이 기쁨에게 물었습니다.

"어떻게 하면 그렇게 웃을 수 있어요?"

"별거 아냐. 그냥 단순하면 돼. 배고플 때 먹으면 좋듯이 뭐든 그 순간에 좋은 의미를 부여해야 해. 하지만 여기에는 비밀이 하나 있어."

"비밀이 뭔데요?"

"바로 기다릴 줄 알아야 한다는 것. 밥 한 그릇을 허겁지겁 금방 비우고 또 먹게 되면, 그 맛을 모르듯 기쁨도 마찬가지야. 차례를 기다리고, 다음을 기다리면서 그 순간이 왔을 때 감사를 하면 내 안에서 기쁨이 일어나는 거야."

"생각보다 어려운 일이네요. 기다림……."

"넌, 그 기다림을 잘 알지 않아? 넌 항상 오래 참고 있다가 눈물을 흘리잖아. 그리고 네 안에도 내가 살고 있다는 걸 알잖아."

"네? 내 안에 당신이 살고 있다고요?"

"그래. 실컷 울고 났을 때, 무엇인가 정화된 듯한 그 깨끗한 느낌? 그게 바로 나야."

슬픔 속에는 탁한 마음을 걸러내는 맑은 강물이 흐르고 있습니다. 인간을 순수로 돌아가게 하는 것, 그것이 슬픔입니다. 그리고 그것은 사랑이라는 기다림의 집이기도 합니다.

바보 쥐와 영리한 쥐의 협상

바보 쥐들과 영리한 쥐들이 호수를 누가 가질지를 놓고 오랫동안 전쟁을 벌였습니다. 그동안 양쪽에서 많은 희생자가 발생했고, 식량마저 고갈되어 심각한 위기에 처하자 휴전을 하기로 했습니다. 양쪽 진영에서 협상을 위해 중간지점인 뚝방 수문 앞에 협상 테이블을 만들었습니다.

영리한 쥐 대표가 자리에 앉으며 말했습니다.

"멍청한 쪽에서 제시할 협상 조건부터 들어봅시다."

"조건이요? 우린 그런 거 준비 안 했는데요."

"쯧쯧, 멍청하다더니. 과연…… 아니, 조건도 없이 무슨 협상을 한단 말입니까?"

영리한 쥐가 고개를 절레절레하며 물었습니다.

"왜 못 하나요? 조건 없는 협상을."

바보 쥐 대표가 눈을 깜박거리며 반문했습니다.

"조건 없는 협상? 그런 게 가능하다고 믿다니. 쯧쯧, 어디 들어나봅시다. 그 방법이 뭐요?"

“쥐문학 대담이요.”

바보 쥐가 당찬 목소리로 대답했습니다. 영리한 쥐가 웃음을 터뜨렸습니다.

“하하, 쥐문학이요? 내가 영리한 쥐들 중에서도 가장 영리한 쥐란 걸 아는지 모르겠군요. 그런데도 멍청이들 중에서도 가장 멍청한 대표께서 지금 나와 쥐문학 대담으로 협상을 하자고요?”

“긴장되시나보군요?”

순간 영리한 쥐의 입에서 웃음기가 사라졌습니다.

“패기 하난 좋소. 해봅시다. 대담은 묻고 답하는 것이니 내가 먼저 질문하죠. 이 세상에 인간이 왜 존재한다고 생각합니까?”

“그야 당연히 쥐를 잡기 위해서죠. 알다시피 한때 인간이 우릴 소탕하려는 시기가 있지 않았습니까? 물론 우린 경험하지 않았지만, 전해 들은 말로는 인간들의 만행이 극에 달았다던데요.”

“맞았소. 하지만, 지금 인간들은 점점 변하고 있어요. 우리를 여전히 혐오하지만 그중에는 우리를 반려 쥐로 삼아 함께 사는 인간도 있소.”

“그건 우리 종족이 아닌 햄스터라는 설치류 아닌가요. 당신, 진짜 가장 영리한 쥐 맞아요?”

“음…… 방금 그건 내가 할 말 같은데. 당신 혹시 본래 우리 쪽 아니오?”

당황한 영리한 쥐가 눈을 끔벅이며 물었습니다.

“무슨 소리예요? 난 영리한 쥐들이라면 치가 떨리는 걸요. 스스로

똑똑하다고 믿는 자만심과 자기 욕심으로 가득 찬 쥐들은 고양이들보다 더 싫다고요. 이번에는 내가 묻죠. 인간이 사랑을 안다고 생각하나요?"

"이런 게 협상을 위한 대담이라니 참 우습소만, 그건 질문 자체가 틀렸소. 인간이 아닌 우리는 그걸 논증할 수도, 알 수도 없으니까. 바보 측 아니, 대표께서는 어떻게 생각합니까?"

"저는 그들도 우리처럼 사랑을 알고 있다고 생각합니다. 마이클 잭슨이란 인간이 부른 '벤'이라는 노랠 들어보세요. 인간 소년과 생쥐와의 사랑이 잘 담겨 있잖아요."

"당신이 그 노래를 어떻게 아시오? 우리 쪽에서는 금지곡이라 한 번도 못 들어봤는데."

"지금 불러드릴까요?"

"아뇨, 됐소. 어쨌든 이 대화를 하다 보니 바보 쥐들이 꼭 멍청한 것만은 아니란 걸 알겠구려. 이제 보니 가장 멍청하다는 당신이 나보다 더 영리한 것 같기도 하고."

"내 생각도 같아요. 가장 영리하다는 당신이 가장 멍청하기로 손꼽히는 나와 닮은 것 같기도 하고."

"하하, 그래요? 사실 그동안 말은 안 했지만 너무 영리하게 사느라 얼마나 스트레스를 받았는지 모릅니다. 자, 그건 그렇고, 이제 성명서나 작성 합시다."

호수 중간지점 수문에는 이제는 낡아 잘 보이지 않는 오래전 조상들의 성명서 한 줄이 남아 있습니다. '모든 쥐들은 쥐문적 사유를 통해 자신을 성찰하고 사랑을 행한다.' 오늘도 달빛에 물든 호숫가에서는 젊은 쥐들이 만나 사랑을 속삭이고 늙은 쥐들은 그들을 바라보며 행복한 미소를 짓고 있습니다.

사랑의 노트

어느 날 연필이 볼펜에게 말했습니다.

"사랑은 나처럼 하는 거야. 지우개만 있으면 언제든 지울 수 있잖아. 바보처럼 사랑 때문에 울 필요도 없고."

"아니야. 그렇지 않아. 사랑은 한 번 하면 결코 지울 수 없는 거야. 그래서 난, 함부로 사랑하지 않아."

그때였습니다. 둘의 대화를 듣고 있던 지우개가 둘 사이에 끼어들었습니다.

"그래, 연필 너는 마음대로 사랑했다가 되돌리고 싶을 땐 내가 필요하지. 그리고 볼펜 넌 내 도움이 필요 없고. 한번 사랑하면 지우지를 않으니까. 하지만 너희가 아직 모르는 게 있어. 사랑은 나처럼 하는 거야. 누군가의 아픔을 지워주고 조금씩 야위어가면서."

그때 어디선가 우는 소리가 들렸습니다. 다름 아닌 노트였습니다. 한참을 울고 난 노트가 마침내 말했습니다.

"그래…… 결국 너희가 남긴 사랑의 흔적은 내 가슴에만 남지. 이야기로 말이야."

흘러간 유행가 가사처럼 연필로 쓰든 볼펜으로 쓰든 지우개로 지우든 끝나버린 사랑은 그리 간단하게 정리되지 않습니다. 그것은 누군가의 가슴에 새겨진 기억이며, 또 지울 수 없는 흔적이니까요.

사랑은 일심동체

"말했잖아. 내가 생각을 해야 사랑할 수 있다고."

"그건 아니지. 내가 느끼지 않고는 사랑할 수 없지."

심장과 뇌가 밤샘 토론을 했지만 서로의 주장만 고집할 뿐 좀체 이견을 좁히지 못하고 있었습니다. 그때였습니다. 어디선가 꼬르륵 무슨 소리가 들렸습니다.

"무슨 소리지?"

뇌와 심장이 동시에 말하며 귀를 기울였습니다. 위가 소리쳤습니다.

"휴우. 이제 그만들 해. 너희들! 굶으며 사랑할 수 있어? 고상한 척 그만해. 지금 나 배고프단 말이야."

사랑은 뇌로 생각하고 심장으로 느낀다고 합니다. 위가 배고프면 사랑도 무력해집니다. 하지만 그 허기 속에서도 사랑할 수 있으려면 일심동체가 되어야 할 것입니다.

선입견

깊은 산속 옹달샘에서 토끼가 세수를 하고 있었습니다. 그러다가 문득 누군가 자신을 바라보고 있는 시선이 느껴졌습니다. 곧바로 돌아보니 날쌔기로 소문난 여우가 서 있었습니다.

토끼는 달아날 수 없다는 걸 직감하고 그 자리에 앉아 울기 시작했습니다. 그런 토끼에게 여우가 말했습니다.

"세수 하다 말고 갑자기 왜 우니?"

"슬퍼서…… 여기서 죽는다는 게."

"죽다니? 왜?"

"네가 날 잡아먹을 거잖아."

"내가?"

"응."

"왜?"

"넌 여우잖아."

"뭐? 그건 선입견이야. 나는 토끼 고기 안 좋아해. 먹어본 적도 없는걸."

"그런데, 왜 날 훔쳐본 거야?"

"차례를 기다린 거야. 물 마시려고."

사랑이라는 이름의 희생

"엄마, 저 달이 우리를 따라오는 것 같아."

엄마와 밤길을 걷던 아이는 자신을 따라오는 달을 흘깃흘깃 돌아보다가 그만 돌부리에 걸리고 말았습니다. 하지만 넘어지려는 그 순간 엄마가 재빨리 아이의 손을 낚아챘습니다. 아이는 다행히 넘어지지 않았고 두 모녀는 다시 밤길을 걷기 시작했습니다.

말없이 엄마의 손을 잡은 채 한참을 가던 아이가 엄마에게 말했습니다.

"엄마! 아직도 달이 따라오고 있어?"

아이의 말에 엄마는 곧바로 뒤를 돌아보았고, 그 순간 엄마 역시 돌부리에 걸려 넘어지려고 했습니다. 하지만 넘어지려던 엄마는 재빨리 아이의 손을 뿌리쳤습니다. 결국 엄마는 혼자 넘어지고 말았습니다.

누군가 넘어지려고 할 때 손을 내밀어 넘어지지 않게 하는 것이 사랑입니다. 또 자신이 넘어지려고 할 때 잡고 있던 다른 사람의 손을 뿌리치는 것 역시 사랑입니다.

사랑하는 사람을 위해 혼자 넘어지고 혼자 아픈 것. 그것이 희생이며 동시에 자기만족이고 행복 아닐까요.

안개와 사랑 1

어둠이 물러난 이른 새벽에 꼬마 나무가 엄마 나무를 다급히 찾았습니다.

"엄마, 엄마! 어디 있어요?"

"응. 아가야. 엄마는 여기 있단다. 지금 엄마가 보이지 않는 건 안개 때문이야."

"안개는 왜 내 눈을 가려 엄마를 볼 수 없게 하는 거죠?"

"오! 아가야. 그건, 하늘이 내려주는 진리란다. 소중한 것들을 잠시 가려 사랑을 배우게 하려는 거지."

"엄마도 내가 보고 싶어요?"

"그럼. 안개가 사라지길 손꼽아 기다리고 있단다. 너를 가린 안개 속에서 우리 아가가 소중하다는 걸 다시 느끼고 있지. 조금 이따 너를 다시 볼 생각을 하니 벌써부터 가슴이 뛰는걸."

안개와 사랑 2

안개가 걷히자 꼬마 나무가 말했습니다.

"정말이네. 엄마는 항상 그 자리에 있네."

"그럼, 그렇고말고. 엄마는 언제나 네 곁에 있단다."

"그런데 엄마, 안개는 어디로 간 거예요?"

"응. 안개는 어디로 간 것이 아니라 우리 곁에 있단다. 진리는 사라지는 법이 없거든. 단지 눈에 보이지 않을 뿐이란다."

"왜 눈에 보이지 않는 것이죠?"

"아가야! 기억나지? 엄마가 들려주었던 어린 왕자 이야기. 여우가 말했던 것처럼, 본래 소중한 것들은 눈에 보이지 않는 법이란다. 안개가 가끔 자신을 보여주는 건 그걸 알려주기 위해서란다."

남자의 마음

소녀가 기도했습니다.

"남자 마음에 대해 정말 모르겠어요. 제발 알게 해주세요."

그러자 신이 곧바로 응답했습니다.

"남자란 본래 마음이 없는 존재란다."

"네? 그럴 리가……."

"음…… 사실이란다. 물론 처음에는 있었지. 하지만 너를 만드는 순간 너에게 모두 빼앗겨버렸단다. 그래서 남자 마음은 모두 네가 가지고 있는데, 그에게서 찾으려고 하니 알 수 없는 것이지."

그렇습니다. 남자들이 여자를 좋아하는 이유는 자기 마음을 가진 존재가 여자라는 걸 무의식으로 느끼기 때문입니다.

질문하는 인문학

"엄마, 인문학이 뭐예요?"

어느 초등학생이 인문학을 알아야 한다는 선생님 말을 듣고 엄마에게 물었습니다. 그러자 엄마는 아이를 데리고 안 작가를 찾아갔습니다.

"저어, 선생님. 인문학이 뭐죠?"

"그대는 벌써 인문학을 시작했다."

아이 엄마는 무슨 말인지 모르겠다는 듯 다시 물었습니다.

"그러니까 질문하는 거란 뜻인가요?"

"그대는 드디어 답을 찾았다."

인문학은 나와 대상에게 인생의 길을 묻는 낯선 질문이며 그것을 인식하는 답입니다. 나 자신이 생각하는 사람인가? 스스로에게 진지하게 묻는 순간 그는 인문학을 하는 사람이 됩니다. 인문학을 하는 사람만이 인생의 답을 찾을 수 있습니다.

가시나무와 가시나무새

가시나무에 사는 새에게는 이해할 수 없는 것이 하나 있었습니다. 다른 나무에는 많은 새들이 놀러 오는데 자신이 사는 나무에는 아무도 놀러 오지 않는 것입니다. 이 글을 읽는 여러분들은 가시 때문이라고 생각할 것입니다. 그런데 새들은 가시를 두려워하지 않습니다. 가시나무새도 그걸 잘 알고 있었죠. 그래서 더욱 이해할 수가 없었습니다.

그러던 어느 날 처음으로 새 한 마리가 찾아왔습니다. 가시나무새는 반가움보다 너무 놀라워서 긴장한 채로 물었습니다.

"어쩐 일로……."

"아, 별것 아니에요. 늘 궁금했던 게 있어서 와봤어요."

"궁금한 게 뭔데요?"

"별건 아닌데, 왜 가시나무에 살고 있는지, 그냥 그게 궁금해서요."

가시나무새는 대답을 망설였습니다. 그냥 그곳에서 태어났고 그곳이 집이기 때문에 사는 것인데, 궁금증을 풀어줄 만한 특별한 이유랄 게 있을 리 없었습니다.

"저도 한 가지 물어도 되나요?"

"그럼요."

"왜 다른 새들이 나한텐 놀러 오지 않는 거죠?"

"그것도 별것 아니에요. 당신 안에도 가시가 있다고 믿기 때문이죠. 상처받기 싫어서라고나 할까? 새들은 예민하잖아요."

"그렇군요. 그런데 당신은 어떻게……"

"말했듯이 저는 호기심이 많아요. 정말 궁금했어요. 왜 가시나무에 사는지 오래전부터 알고 싶었거든요. 다른 새들은 당신이 두려움이 많아서라고 했어요. 좀 더 안전한 곳에 살기를 바라서 그런 거라고."

그는 다른 새들의 생각이 맞을지도 모른다고 생각했습니다. 하지만 다른 새들이 모르는 게 있었습니다. 그는 어떤 나무보다 가시나무에 대해 잘 알았고, 또 가시나무가 자신을 편안해한다는 사실도 잘 알고 있었습니다.

"저는 아니라고 했어요. 당신이 가시나무에 사는 이유 말이에요. 어쩌면 그건 가시나무를 사랑하기 때문이라고. 저는 사랑에도 호기심이 많거든요. 당신, 그런 거죠?"

"……"

"왜, 아닌가요?"

가시나무새는 그제야 깨달았습니다. 다른 새들이 놀러 오기만 바랐을 뿐 정작 늘 자신을 품어줬던 가시나무의 소중함을 잊고 있었다는 사실을. 그리고 자신이 가시나무를 사랑하고 있다는 것을.

"정말 대답 안 해줄 건가요? 왜 가시나무에 사는지."

가시나무새가 웃으며 대답했습니다.

"별것 아니에요. 여기가 제 집이잖아요."

사랑은 결국 우리들의 집이고 거처입니다. 그것을 알아가는 것, 삶은 어쩌면 그걸 깨달아가는 과정일지 모릅니다.

진정한 무소유

깊은 명상을 하며 도를 닦고 있는 민달팽이가 지나가는 집달팽이를 향해 말했습니다.

"무소유!"

그러자 집달팽이가 힘겹게 숨을 내쉬며 대답했습니다.

"그대는 아직 멀었소."

그러자 민달팽이가 화를 내며 물었습니다.

"모든 걸 버리고 얻은 무소유의 경지를 어찌 모독하는 것이요?"

"경지는 맞소. 이기주의를 최상으로 올려놓은 경지……."

"아니, 뭐요?"

민달팽이가 목소리를 높이는 사이 집달팽이는 힘겹게 자신의 집을 끌면서 어딘가로 향했습니다. 그런 그를 어이없다는 듯이 바라보는 민달팽이에게 두꺼비가 말했습니다.

"저분을 모르시오?"

"알아봤자 소유에 집착하는 집달팽이 아니겠소?"

"허허 모르는 소리. 저분도 삼십 년 전엔 당신이 지금 앉아 있는 바위에서 명상을 하던 민달팽이였다오. 그러다 결국 깨달음을 얻어 저렇게 고행의 길을 가고 있는 거요."

"그렇다면 저, 집은……."

"그렇소. 집 없는 자에게 집을 나눠 주러 찾아다니고 있는 거요."

혼자 명상하는 삶. 참나를 찾아 사색하는 것. 양심을 작동시키는 것. 그것은 자신을 포함한 중생을 구원하기 위한 행위입니다. 진정한 무소유는 비움이 아닌 나눔입니다.

하루살이가 세상을 보는 법

모기와 하루살이가 대화를 나누고 있었습니다. 먼저 모기가 하루살이에게 말했습니다.

"참 유감이야. 너를 오래 볼 수 없다는 게. 난 너와 오래도록 세상을 볼 수 있기를 바랐는데."

"응. 괜찮아. 난 벌써 이 세상을 모두 보았는걸."

하루살이의 얘기를 들은 모기는 고개를 흔들면서 다시 말했습니다.

"에이, 어제 겨우 어른이 된 네가 어떻게 이 넓은 세상을 다 보았다는 거야? 넌 계속 나와 함께 있었잖아."

"그래, 바로 그거야. 너를 통해서 세상을 모두 본 거야."

모기는 이해할 수 없다는 듯이 다시 한 번 고개를 흔들면서 물었습니다.

"날 보면서 세상을 모두 봤다고?"

"다름이 아니라 네가 닥치는 대로 남의 피를 빼앗아 먹고 사는 세상을 보면서 그래도 난 다행이라 생각했어. 일찍 떠나서."

모기는 고개만 숙일 뿐 더 이상 아무 말을 하지 않았습니다.

하엘이에게 오늘은 엄마 아빠에게 내일

네 살 하엘이가 뭔가를 사달라고 떼를 쓰면 엄마와 아빠는 내일 사준다는 말로 혹은 다음이라는 말로 순간을 모면하려고 합니다. 그러나 하엘이는 오늘이라는 단어와 지금이라는 단어를 사용하면서 떼를 씁니다.

여기서 알 수 있는 것은 엄마 아빠의 내일과 다음이 하엘이에게는 오늘과 지금이라는 사실입니다. 약속을 지키지 않는 어른들의 내일과 다음은 하엘이에게는 언제나 오늘이어야 합니다. 그래야 가끔 소원과 바람이 현실로 이루어지는 걸 아이는 아는 것입니다.

어른들만 오늘을 살지 못하고 삶도 사랑도 내일, 아니 다음으로 미루며 살고 있는 것은 아닐까요.

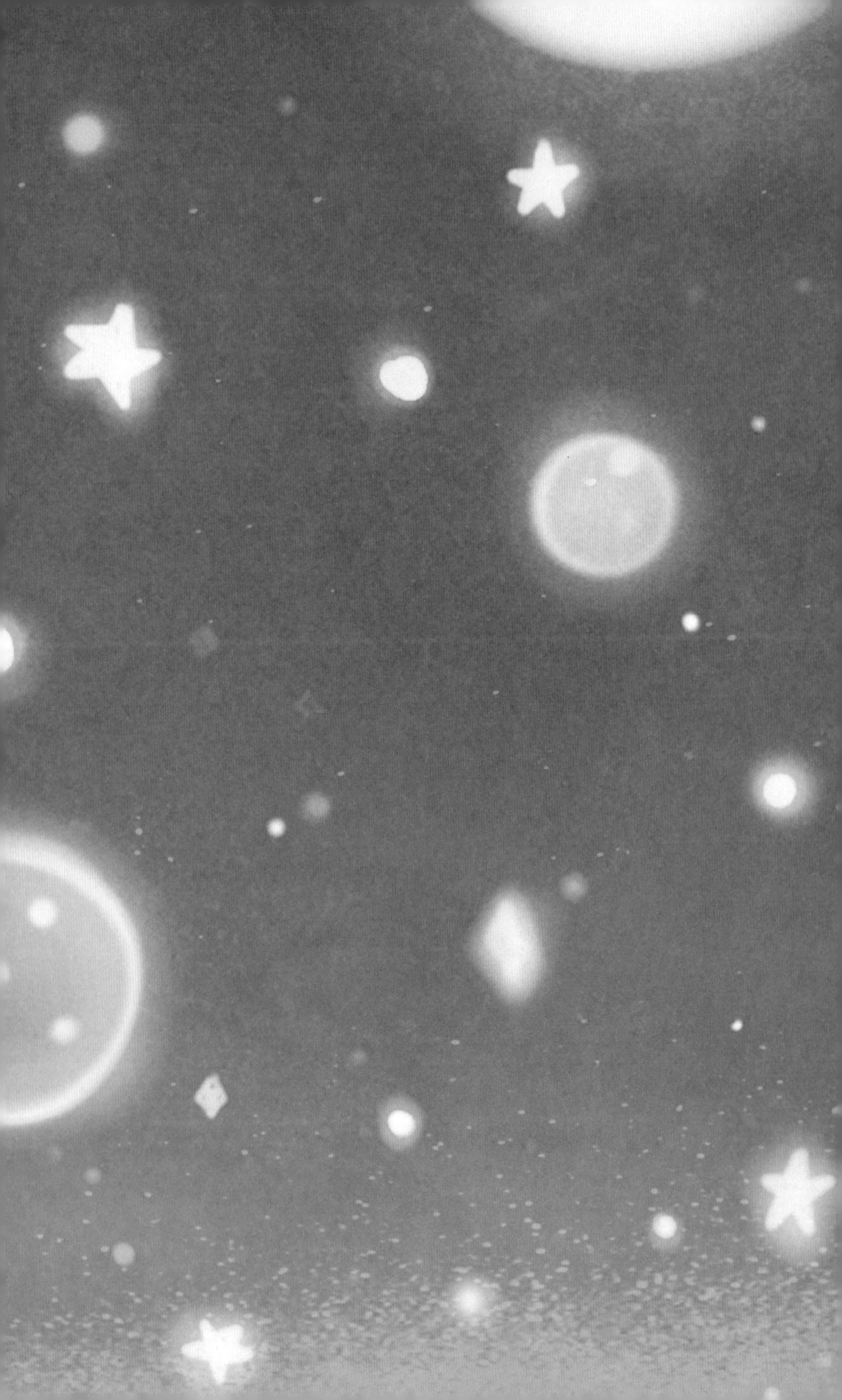

생각을 바꾼다고 행복해질 수 있을까

자신이 행복하다고 말하는 사람과 불행하다고 말하는 사람이 대화를 하고 있었습니다.

"난 당신이 왜 행복하다고 말하는지 이해할 수가 없어."

"나도 마찬가지야. 당신이 왜 불행하다고 말하는지 이해할 수가 없어."

두 사람의 대화를 가만 듣고 있던 안 작가가 말했습니다.

"두 분이 서로를 이해할 수 있는 간단한 방법이 있습니다. 이렇게 해보세요. 자신이 행복하다고 말하는 쪽은 이제부터 자신은 불행하다고 생각하고, 자신이 불행하다고 믿는 쪽은 지금부터 나는 행복하다고 생각해보세요. 그렇게 삼 개월만 해보세요. 그러면 서로를 이해하게 될 것입니다."

안 작가의 조언대로 두 사람은 삼 개월 후에 다시 만났습니다. 그런데 이상하게도 서로의 입장은 바뀌었지만 이번에도 서로를 이해하지 못했습니다. 자신이 행복하다고 말한 사람은 계속 불행한 생각을 했고, 자신이 불행하다고 말한 사람 역시 계속 자신이 행복하다는 생각을 했는데도 말입니다.

우리는 흔히 생각을 바꾸면 그 사람의 말과 삶도 달라질 거라 여깁니다. 하지만 사랑이 없는 사람이 제아무리 생각을 바꾸려 노력한들 어찌 다른 사람을 기쁘게 할 수 있을까요. 오직 자신만을 위해 사는 사람, 그의 눈에는 불행한 사람들만 보일 것이고 행복한 사람들만 보일 것입니다. 자신의 존재감은 느끼지 못한 채 말입니다.

마음의 문

어느 날 바람이 창문에게 말했습니다.

"문 좀 열어줘."

창문이 대답했습니다.

"안 돼! 들어오면 나갈 수 없어."

"다시 나오려는 게 아니야. 단지 네 안으로 들어가고 싶어서야."

며칠째 계속되고 있는 바람의 하소연에도 창문은 여전히 망설였습니다.

마음을 여는 것은 누군가를 내 안에 들이는 것입니다. 창문은 그걸 알고 있기에 두려워하는 것입니다. 한번 들어온 바람은 내보낼 수 없다는 것을. 우리가 마음의 문을 굳게 닫고 사는 이유도 그런 것일지 모릅니다. 바람이 들어올까봐, 행여 그 바람을 사랑하게 되어 아프고 상처받을까봐 커튼까지 치는지도요. 그럼에도 굳게 닫힌 창문 밖에서 바람은 절규합니다. 우리는 때론 바람이 되어 누군가의 창문을 두드리고, 때론 창문이 되어 바람을 막아내며 삽니다.

당신은 언제쯤 문을 열게 될까요. 대상이 없는 나는 존재할 수 없습니다. 나 없는 대상 또한 마찬가지입니다.

소중한 것들은 모두 하나란다

아침 해가 떠오른 걸 본 다섯 살 시온이가 물었습니다.

"아빠! 달은 어디 갔어? 안 보여요."

"저기 그대로 있어. 해가 달보다 밝아 보이지 않는 것뿐이야."

"밤에는 또 볼 수 있어?"

"그럼, 볼 수 있고말고. 소중한 것들은 사라지지 않거든."

"별들도?"

"그럼. 태양빛이 워낙 강해서 잠깐 안 보이는 것뿐이야. 저 하늘에는 지금도 수많은 별들이 빛나고 있단다. 소중한 것들은 떨어지지 않아."

"어? 전에 아빠가 그랬는데. 사람이 죽으면 별이 되고 별이 떨어지는 것은 누군가 태어나는 거라고."

"그, 그래? 내가 그랬단 말이지? 그래, 맞아. 사람이 죽으면 별이 되는 거야. 그래서 별들은 우리들의 할머니이고 할아버지이지. 그리고 별이 떨어지는 건 너처럼 예쁘고 총명한 아이들이 세상에 오는 순간이란다."

"그럼 내가 할머니 할아버지란 말이야?"

"응? 그래, 바로 그거야. 소중한 것들은 모두 하나란다. 아빠도 엄마도, 우리 가족 모두도. 세상 사람과 해와 달과 별들 그리고 나무, 새, 꽃……."

그사이 시온이는 이미 유치원에 가고 없는데도, 아빠는 이 세상에서 하나가 되는 소중한 것들의 이름을 계속 부르고 있었습니다.

낯섦과 익숙함

낯선 존재가 익숙한 존재에게 말했습니다.

"난, 네가 너무 낯설어."

"그건, 내가 해야 하는 말 아니야?"

"맞아. 그런데 넌 내가 있는지도 모르잖아. 늘 익숙한 것들 속에 살면서 시간을 허비하고 있잖아."

"내가? 오우, 노. 난 단지 익숙한 것들과 친하게 지낼 뿐이야."

"그래, 맞아. 넌 항상 그들과 친하지. 그걸 문학적으로 표현하면, '익숙한 것들의 게으름'이라고 해. 낯선 생각을 전혀 하지 않는 사람들을 비유하는 말이지."

"뭘 모르는구먼. 익숙한 존재들이 그대로인 것 같지만 실은 전혀 그렇지 않아. 예를 들면, 어제 만난 사람을 오늘 만나고, 내일 또 만난다고 해도 그는 늘 낯선 존재이지. 왜냐하면, 자기 기분에 따라 상대를 달리 대하거든. 내 생각에는 인간의 생각이나 마음이 똑같은 적이 없는 것 같아."

"오우, 익숙한 존재여. 지금 네가 하는 말은 정말 그럴싸해. 인문학을 모르는 사람은 그대로 믿을 수밖에 없는 멋진 말이야. 마치 사유하는 존재가 하는 말 같아. 하지만 그건 작은 호수가 스스로를 바다라고 생각하며, 바람이 조금만 불어도 자신이 파도 칠 수 있다고 말하는 것과 같은 말이지. 낯선 생각이란 경계를 벗어나야 해. 물을 가두고 있는 둑을 넘어 진짜 바다를 향해 흘러가야 한다고……."

"음…… 진짜, 화난다."

"화? 오우, 친구야. 미안해. 내가 너무 오버했나봐."

"아니야. 난 너한테 화난 게 아니야. 나 자신한테지. 미안한 건, 오히려 나야. 사실 난 네가 내 친구인지도 몰랐어. 그래, 네 말이 맞아. 난 지금까지 혼자 놀기를 한 것인지 몰라. 익숙한 것들…… 호수는커녕 작은 연못에 갇혀 저마다 익숙한 놀이를 하면서 썩어가고 있는 줄도 몰랐어. 참 슬프다. 어? 어디 갔지?"

익숙한 존재가 낯선 생각을 하는 순간, 낯선 존재는 사라집니다. 둘은 처음부터 하나였으니까요.

길을 잃은 게 아니야

어느 날 조직 생활에 싫증을 느낀 일개미 한 마리가 단체 이동 중에 대열을 떠나 깊은 숲속으로 들어갔습니다. 항상 앞만 보고 다른 일개미들을 따라하던 그에게 깊은 숲속은 온통 낯선 것투성이였고, 경이로운 세상이었습니다. 생전 처음 보는 생명체부터 이름 모를 식물들이 넘쳐났습니다.

개미는 호기심 어린 눈빛으로 사방을 두리번거렸습니다. 그때 어디선가 예쁜 목소리가 들렸습니다.

"오! 가엾어라. 길을 잃었구나."

노랑나비였습니다. 일개미가 호기롭게 대답했습니다.

"아니. 길을 잃은 게 아니야. 나는 내 길을 찾았어."

자신의 길을 간다는 것은 이렇듯 위험천만한 모험이고 용기가 필요한 일이지요. 그렇기에 누군가에게는 길을 잃고 헤매는 것으로 보일지 모릅니다. 하지만 그 길 끝에서 그는 비로소 자신의 삶을 찾게 될 것입니다. 만일 누군가가 느리지만 꿋꿋하게 자신의 길을 가고 있다면, 비난하거나 동정하기보다 따뜻한 말로 격려해주세요. 그것은 그의 삶뿐 아니라 우리 삶을 스스로 응원하는 방법이기도 할 것입니다.

어른의 말

늘 반대만 하는 아빠와 함께 사는 아이가 있었습니다. 아이는 언젠가부터 빨리 어른이 되게 해달라고 기도하기 시작했습니다. 아빠처럼 힘을 가진 어른이 되면 제일 먼저 하고 싶은 말이 있었습니다. "안 돼!" 아이는 목소리 톤까지 바꿔가며 그 말을 하는 자신의 모습을 상상하곤 했습니다.

시간이 좀 걸리기는 했지만 아이는 결국 어른이 되는 꿈을 이루었습니다. 그는 얼마 뒤 결혼을 했고 자신의 아이가 태어나자 입버릇처럼 "안 돼!"를 쏟아내기 시작했습니다.

그러던 어느 날 그의 아이가 물었습니다.

"왜 아빠는 안 된다는 말밖에 할 줄 몰라요?"

두 번 묻기

신이 인간에게 물었습니다.

"너는 내가 누구라고 생각하느냐?"

"잘 모르겠습니다."

"그럼, 너는 누구라고 생각하느냐?"

"그것도 잘 모르겠습니다."

"음……."

신은 도대체 무엇이 잘못되었는지 고민하다가 겨우 그 이유를 찾았습니다.

"얘야, 다시 묻겠다. 너는 나를 누구라고 생각하느냐?"

"그야 전지전능하고 무소불위한 신이시죠."

"그럼, 너는 누구라고 생각하느냐?"

"저요? 그야 당연히 피조물이죠. 신의 형상을 닮은……."

신은 인간을 만드는 과정에서 오류가 발생했다는 걸 알았습니다. 인간은 두 번 이상 질문해야 비로소 생각한다는 걸.

잃은 것과 얻은 것 1

애꾸눈 잭에게 후크 선장이 물었습니다.

"어쩌다 잃었나?"

"잃다니? 뭘 말인가?"

"뭐긴. 이거 말일세."

후크 선장은 안대로 가린 자신의 눈을 가리켰다.

"아, 잃은 게 아닐세. 오히려 얻었지."

"그건 또 무슨 말인가?"

"한번 생각해보게. 사람들은 뭔가에 집중할 때 한쪽 눈을 감지 않나. 과녁을 맞힐 때도 그렇고. 그런데 우린 늘 집중하면서 살고 있으니 잃은 게 아니라 특별한 능력을 얻은 거지."

후크 선장은 이해를 할 수 없다는 듯 고개를 저었습니다.

우리에겐 누구나 특별한 능력이 있습니다. 긍정은 그것을 얻게 하고 부정은 잃게 합니다.

잃은 것과 얻은 것 2

밖으로 나가던 후크 선장이 애꾸눈 잭을 돌아보며 물었습니다.

"이보게 잭. 그렇더라도 내가 한쪽 눈을 잃은 게 달라지지 않는 건 아닌가?"

"물론 그렇지. 그렇지만 잃는 것이 있으면 얻는 것이 있지. 그것이 세상 이치이니까."

"내가 한쪽 눈을 잃었는데, 얻은 것이 뭐란 말인가?"

"이름을 새로 얻었지 않나? 애꾸눈 캡틴 후크! 자네의 악명은 더 높아졌지. 부하들은 자넬 더 존경하게 되었지 않나? 그보다 더한 것을 어찌 얻을 수 있겠는가?"

"하하. 잭, 자네 말을 들으니 정말 그런 것 같군. 근데 사실 난, 지금도 이 눈으로 안 보인다는 생각을 한 적이 없다네. 안대를 차고 있지만 항상 부릅뜨고 있지. 난 느껴지고 보인단 말일세."

"오! 후크 자네야말로 불굴의 긍정을 가진 사람일세."

때론 부정 안에 불굴의 의지를 가진 긍정이 숨겨져 있습니다.

거울 앞에서

스티브 잡스는 매일 거울 앞에 서서 물었다고 합니다. 오늘이 내 생애 마지막 날이어도 내가 오늘 하려는 것을 할까? 몇 번을 물어도 "아니"라는 답이 반복되면 그는 다른 일상을 선택했다고 합니다.

어떤 이는 거울 앞에서 여드름을 짜고 또 어떤 이는 화장을 합니다. 그리고 누군가는 잇새에 낀 고춧가루를 보기도 하지요.

우리는 종종 거울 앞에서 내가 아닌 낯선 나를 봅니다. 거울 속 내가 무슨 생각을 하고, 뭘 하고 싶어 하는지를 묻고 원하는 대로 행동합니다. 그러다 가끔 그 낯선 존재에게 말을 걸기도 합니다.

"너는 누구니?"

그러면 거울 속 존재는 이렇게 대답합니다.

"너였지만 지금은 네가 아닌 너."

어느 날 그 낯선 존재가 내게 너는 누구냐고 물으면 나는 뭐라고 대답해야 할까요. 그냥 나? 아니면 너? 나와 거울 사이에는 내면을 들여다볼 때만 보이는 '나와 너'가 있습니다.

길을 만드는 삶

한 남자가 있었습니다. 그는 자신이 왜 사는지, 삶이란 무엇인지 궁금해했습니다. 그래서 스승들을 찾아 나섰고 그에 관련된 책이란 책도 모조리 찾아 읽어보았습니다. 그러나 어느 책에서도 그 누구에게서도 갈증을 해결해줄 만한 속 시원한 답을 얻지 못했습니다.

결국 그는 길을 떠나기로 작정했습니다. 어딘가에는 분명 답이 있다고 믿으며, 걷고 또 걸으면서 세상을 떠돌았습니다.

어느 날 그는 외진 산간 마을에 도착했습니다. 그런데 마을에 들어갈 수가 없었습니다. 큰 홍수가 지나갔는지 길이 사라져 있었기 때문입니다. 그는 길이 끊어지며 생긴 천 길 낭떠러지를 내려다보았습니다.

문득 건너편에서 인기척이 느껴졌습니다. 마을 사람 몇 명이 망연자실한 얼굴로 자신을 바라보고 있었습니다. 그는 사람들을 향해 소리쳤습니다.

"여보시오! 왜 다리를 만들지 않는 거요?"

대답은 들려오지 않았습니다. 그러고 보니 사람들의 얼굴이 무척 핼쑥해 보였습니다. 길은 끊어진 지 꽤 된 듯했고, 그렇다면 비축해둔

식량도 바닥났을 터였습니다. 기력이 없으니 다리를 만들 엄두도 내지 못했을 것이었습니다.

그는 서둘러 다리를 만들기 시작했습니다. 긴 방랑으로 지쳐 있었지만, 어쩌면 저들을 위한 길을 놓기 위해 여기까지 온 것 같다는 생각이 들었습니다. 그는 새우잠을 자며 길을 만드는 일에 열중했습니다. 그러다 그만 다리 밑으로 떨어지고 말았습니다.

그가 살았을까요, 죽었을까요. 들려주고 싶은 건 그런 게 아닙니다. 중요한 건 그가 다리를 만들기 시작했고, 그걸 본 마을 사람들이 힘을 얻어 마저 길을 완성했다는 사실이지요.

인생의 의미를 엉뚱한 데에서 찾으려 방황하지 마십시오. 누군가를 위해 길을 만드는 것. 그것이 우리가 사는 이유입니다.

별들의 초대

그는 산행 중에 그만 길을 잃고 말았습니다. 땅거미가 짙어지더니 곧 칠흑 같은 어둠이 산을 뒤덮었습니다. 그때 어디선가 조용한 속삭임이 들려왔습니다.

"길을 잃었을 때는 그대로 누워 하늘을 보렴. 별이 갈 길을 안내해 줄 거야."

그는 그 소리에 따라 바닥에 누워 하늘을 올려다보았습니다. 그 순간 놀라운 일이 벌어졌습니다. 별들 속에 있는 자신을 발견한 것입니다.

귀한 손님을 맞이하는 듯 별들의 향연이 시작되었습니다. 실바람이 음악이 되어 들리고, 다람쥐가 오랜 친구처럼 가까이 다가왔습니다. 잠시 하늘을 올려다봤을 뿐인데, 지금까지 경험하지 못한 세계 속에 그는 어느새 들어와 있었습니다. 꿈꾸듯 아득했지만 그것이 바로 길을 잃은 자만이 누릴 수 있는 특별한 순간이라는 걸 곧 깨달았습니다.

어둠 속에서 올려다보는 하늘은 무섭지 않았습니다. 그날 밤 그는 난생처음 편안한 잠에 빠져들었습니다.

시간으로부터 벗어나고 방향으로부터 멀어질 때만 들려오는 소리가 있습니다. "인생에서 길을 잃은 자들은 밤하늘의 별을 올려다보라. 바로 그 순간 별들의 초대가 시작되리라."

내공이 너무 깊어서

광화문광장에 많은 사람들이 모였습니다. 사회자가 마이크를 잡았습니다.

"존경하는 여러분! 오늘, 세계적인 명상의 대가들을 이 자리에 모셨습니다. 아시다시피 이분들은 깊은 명상을 통해 누구보다 장수하고 계신 분들입니다. 내공 역시 엄청나니 명상의 지혜와 잠언을 새겨들으시길 바랍니다. 팸플릿에서 보셨겠지만, 명상이란 무엇인지 딱 한 마디씩만을 듣는 자리입니다. 그럼 먼저 팔백 년을 산, 인도에서 온 명상의 대가 다람쥐님을 모시겠습니다."

박수 소리와 함께 인도에서 온 다람쥐가 마이크를 잡았습니다. 사람들의 이목이 온통 다람쥐에게 집중되었습니다. 다람쥐는 잠시 생각에 잠기더니 이윽고 한마디를 했습니다.

"점."

그러고는 다시 자신의 자리로 돌아가 깊은 명상에 들어갔습니다. 사회자가 고개를 갸우뚱하며 말했습니다.

"점? 여러분도 분명히 그렇게 들었죠? 저도 그 의미를 정확히 모르겠지만 혹시 인도인들이 이마 가운데에 찍는 빈디를 말하는 것인지. 어쨌든 엄청난 에너지를 느끼게 하는 한마디였습니다. 다음은 칠백 년을 산, 티베트에서 온 명상의 대가인 독수리님을 모시고 진언의 한마디를 들어보겠습니다."

독수리가 무려 이 미터나 되는 날개를 펴고 마이크 앞에 서자 광장에 모인 사람들은 숨소리 하나 내지 않고 그가 무슨 말을 할지 기다렸습니다.

"숨."

그러고는 독수리는 날개를 접고, 자리로 돌아가 명상에 잠겼습니다. 여기저기서 사람들이 웅성거렸습니다.

"숨?"

"샘이라고 한 것 같은데."

"아니야. 분명 숨이라고 했어."

사람들이 웅성거리자 사회자가 다시 마이크를 잡았습니다.

"음…… 저는 분명 '숨'이라고 들었는데, 정확한지는 모르겠습니다. 어쩌면 숨은 명상에서 가장 중요한 호흡을 의미하는 게 아닐까요. 어쨌든…… 다음 분은 우리 한국의 명상 대가이며, 육백 년을 살았다는 토종 고라니님을 모시고, 딱 한마디를 듣겠습니다."

사회자의 말이 끝나자 한국의 명상 대가인 고라니가 천천히 무대로 나왔습니다. 순간 사람들이 일어나면서 광장은 순식간에 혼란스러워졌습니다. 그러자 사회자가 다급히 손짓으로 조용히 하라고 했고, 조금씩 분위기가 진정되었습니다. 드디어 토종 고라니가 입술을 움직였습니다.

"잠!"

고라니는 그렇게 말하고, 그대로 잠이 들었습니다. 그의 수행원들이 올라와 고라니를 승용차로 데려갔습니다.

수많은 명상의 대가들이 명상에 대해 이야기합니다. 하지만 그들의 내공이 너무 깊어서인지 일반인들로서는 무슨 말을 하는지 전혀 알아듣지 못하고 있습니다.

어둠 속 불빛, 불빛 속 어둠

어둠이 불빛에게 말했습니다.

"난 네가 무서워."

"내가?"

"응."

"사람들은 널 무서워하는데……."

"그렇지 않아. 사람들은 무서운 것이 아니라 불편해하는 거야. 모두가 내 품에서 잠이 드는걸. 내가 무서우면 어떻게 그래? 무서운 건 너야. 사람들을 계속 붙잡아두잖아."

"사람들이 나 없이 살 수 있을 것 같아? 모두가 나를 너무 좋아한다고. 사람들은 너로부터 달아나고 싶어 해."

"어쨌든 난 네가 무서워. 하지만 우린 함께해야겠지."

"그건 나도 알아. 너 없이 나는 존재할 수 없으니까."

지성에서 영성으로

인문학자와 신학자가 삶에 대해 토론하고 있었습니다. 인문학자는 인문학을 통해 지성으로 살아야 한다고 말하고, 신학자는 신학을 통해 영성으로 살아야 한다고 설파했습니다. 하지만 서로의 주장이 너무 강해 목소리가 높아지고 있었습니다. 그때 그들 옆을 지나가던 한 청년이 끼어들었습니다.

"이 근처에 둘레길이 있다던데, 혹시 그 길을 걸어보셨나요?"

"그럼요."

두 사람은 동시에 대답했습니다. 인문학자가 신학자에게 말했습니다.

"인생은 원입니다. 둘레길의 시작점과 끝점 사이에는 경계가 있는데, 서로 맞닿아 있죠. 따라서 지성에서 출발해 영성으로 돌아가는 것. 영성에서 다시 지성의 강을 건너야 하는 것. 그것이 인생입니다."

신학자가 인문학자를 흘깃하며 물었습니다.

"선생님, 그럼 인문학과 신학은 같다는 뜻입니까?"

"음…… 같은 것이 아니라 본래 하나입니다. 사람과 인간이라는 말이 다르지 않듯 그 둘은 남녀를 하나로 보는 것이며, 여자의 몸에서 남자가 나오고 여자가 나오듯이 세상 모든 것은 하나에서 시작할 수 있는 것입니다."

"그래도 신학을 통해 영적 지능이 높아져야 삶을 풍요롭게 살 수 있지 않을까요?"

이번에는 신학자가 인문학자를 흘깃 바라보며 물었습니다.

"옳은 말이지만 꼭 맞는 말은 아닙니다. 지성은 형이상을 알아가는 것이고 영성은 형이하를 알아가는 것입니다. 지성이 형이하학을 추구할 때 인간 실존은 이기주의에 직면하게 되고 그 결과 우리는 지금의 세상에 이르지 않았습니까. 그리고 영성이 지나치게 형이상학을 말할 때도 형이하학을 파괴합니다."

지성만을 추구하는 것이 인문학이 아닙니다. 또 영성만을 추구하는 것이 신학인 것도 아닙니다. 우리의 지성은 영성을 통해 하나에서 둘을 알거나 이치를 깨닫게 됩니다. 반면 영성은 지성의 도움 없이는 흔들릴 수밖에 없고, 결국 지성보다 못한 무지에 이르게 됩니다.

천국과 지옥의 중립지대

죽음을 목전에 둔 할아버지 앞에 천사와 악마가 나타났습니다. 천사가 먼저 말했습니다.

"할아버지! 그동안 고생 참 많았습니다. 이제는 정말 좋은 일만 있을 것입니다."

그러자 악마가 말했습니다.

"할아버지! 천국은 좋은 곳일지는 몰라도 정말 재미없는 곳입니다. 저랑 함께 가요. 궁금하지 않으세요? 지옥이 얼마나 스릴 있는지."

그러자 천사가 다시 말했습니다.

"그게 무슨 재미이며 스릴이야? 매일 똑같은 반복이지, 그것도 지겹도록 똑같은."

그러자 악마가 다시 말했습니다.

"그러는 천국은? 자고로 인간이란 똑같은 걸 반복하면 권태를 느끼는 족속이야. 맨날 행복한 천국보다는 몸서리치게 고통스러운 지옥에서 행복을 상상하는 것이 훨씬 더 인간적인 재미가 아닐까?"

천사가 또 무슨 말인가를 하려 하자, 할아버지가 손사래를 치며 말했습니다.

"여보시오들, 당신들 둘을 합한 곳은 없소?"

천사와 악마는 서로를 바라보며 두 눈만 깜박거렸습니다.

그런 곳은 어디일까요? 할아버지가 더 살고 싶고, 가고 싶은 곳은 천사와 악마가 함께 만든 세상일지 모릅니다. 왜냐하면 지금 우리가 살고 있는 곳이 바로 그곳이니까요. 천사와 악마가 함께 사는 중립지대가 아름다운 것은 사랑과 증오를 통해 소중한 것이 무엇인가를 알아갈 수 있기 때문일 것입니다. 그래서 죽음을 앞에 둔 사람들은 모두 이렇게 말하는 것이지요.

"나는…… 더 살고 싶다."

위의 말을 좀 더 번역하면 이렇습니다.

"나는, 미워하면서도 좀 더 사랑하고 싶어."

점, 선, 면, 공간, 시간

점이 말했습니다.

"시작할까?"

선이 대답했습니다.

"시작했잖아."

면이 말했습니다.

"난 벌써 형태를 이루었는걸."

공간이 말했습니다.

"그러면 뭐해? 사람이 살 수 없는데."

시간이 말했습니다.

"무슨 소리야. 이렇게 하루가 가고, 새로운 하루가 시작되고 있는데."

인생이란 점, 선, 면, 공간, 시간 속에서 사랑으로 채워가는 것입니다. 아직도 지난 시절에만 멈추어 있거나 앞으로만 달려가는 사람이 있다면, 그는 점에 멈추어 있거나, 선 하나 그어놓고 인생을 잘 살고 있는 것입니다. 아니, 어쩌면 그는 면으로 돗자리 하나 깔아놓고, 하늘만 올려다보면서 죽을 날만 기다리거나, 세상이 전부 자신의 공간이라고 착각하는 사람일지 모릅니다.

가장 불행한 사람은 시간을 바라보고만 있는 사람입니다. 물론 가장 어리석은 사람은 시간 가는 줄 모르고 정신없이 사는 사람입니다. 당신은 어느 쪽입니까?

자신의 정체성을 깨닫는 여정

여자가 남자에게 물었습니다.

"당신 남자죠?"

그러자 남자 역시 여자에게 물었습니다.

"당신 여자죠?"

저는 여러분들에게 묻겠습니다. 자신이 여자인지 아니면 남자인지 알고 있습니까? 내가 왜 여자인지 남자인지 정확히 알고 있는 사람은 아무도 없을 것입니다. 어쩌다 보니 여자 또는 남자로 살고 있는 건 아닐까요?

상대가 왜 여자인지 남자인지 아는 것, 내가 왜 여자인지 남자인지 아는 것. 그것조차 제대로 모르면서 남녀의 사랑을 말할 수는 없지 않을까요? 남녀의 사랑이란 서로에 대해 알아가는 여정입니다. 어쩌면 그 길에서 내가 왜 여자이고 왜 남자인지 깨닫게 될 수도 있을 것입니다.

경험에 대하여

도인 두 사람이 길을 가다가 외나무다리에서 만났습니다. 동쪽에서 서쪽으로 가던 도인이 먼저 말했습니다.

"돌아가시오. 내가 지나왔지만 아무것도 볼 것이 없더이다."

그러자 서쪽에서 동쪽으로 가던 도인이 말했습니다.

"당신이 돌아가시오. 내가 지나왔지만 아무것도 깨달을 것이 없었소이다."

바로 그때 외나무다리 아래 강물에서 조각배를 타고 고기를 잡고 있던 어부가 소리쳤습니다.

"여보시오들, 그런 곳에 서로 뭐하려고 가려 하오. 그냥 뛰어내리시오."

누구에게나 지나온 길이 있고, 가야 할 길이 있습니다. 누군가는 엉터리로 보았을 것이며, 누군가는 잘못 깨달았을 것입니다. 자신의 경험을 맹신해서는 안 됩니다. 양보가 필요한 그 순간에 잘못된 경험을 함부로 사용하지 마십시오.

죽음이란 최선을 다해 사는 것

어느 중학생이 안 작가에게 물었습니다.

"선생님, 죽음이 무엇입니까?"

사춘기 중학생이 죽음에 대해 물었다는 것은 결코 가볍게 들을 일이 아니었습니다. 안 작가는 신중하게 대답해주고자 생각에 잠겼습니다. 한 시간이 지났지만 그 중학생은 자세를 흩트리지 않고 답을 기다리고 있었습니다. 그로부터 십여 분이 더 지나 안 작가가 입을 열었습니다.

"음……고등학교에 들어가는 것."

"네? 죽음에 대해 물었는데요. 고등학교에 들어가는 것이라니요?"

"그래. 너는 분명 죽음에 대해 물었고, 나는 죽음이 네가 고등학교에 들어가는 것이라고 말했어."

"저를 놀리시는 거예요?"

"어허? 놀리다니? 답을 말해줘도 모르는 녀석이 어디서 큰소리야."

"그게 아니고요. 저는 죽음에 대해 물었는데, 고등학교에 가는 것이라고 대답하시니까 이해를 못 하겠어요."

“음……그렇다면 좀 더 쉽게 말해주마. 너에게 있어 죽음이란, 고등학교를 들어가고 대학교를 들어가는 것이며, 또 직업을 가지고 결혼을 해서 아이를 낳는 일이야. 그러다가 너는 내 나이가 될 거고 결국 어느 날인가 죽음 앞에 직면하게 되겠지.”

“그러니까 선생님 말씀은 지금 죽으면 안 된다는 말씀이네요.”

“그래, 깨달았구나. 우리가 살아 있을 때에는 죽음이 없고, 죽었을 때에는 우리는 존재치 않는다는 것을 알아, 열심히 최선을 다해 사는 것이 죽음을 이해한 자란다.”

소중한 것은 '지금, 여기'에

늘 과거에 사는 사람과 언제나 미래에 사는 사람이 술을 마시면서 대화를 나누고 있었습니다.

"지난 추억은 참 아름다워요."

"그런가요? 전 다가올 미래를 생각하면 늘 기대가 넘쳐요."

한 잔씩 주고받으며 한 사람은 지나간 과거를, 또 한 사람은 아직 오지 않은 미래를 말했습니다. 이윽고 취기가 오른 과거에 사는 사람이 다시 말했습니다.

"난, 그때 그 일만 생각하면 가슴이 아파 견딜 수가 없소!"

그러자 미래에 사는 사람이 잔을 비우고 기다렸다는 듯이 말했습니다.

"난, 앞날만 생각하면 불안해서 견딜 수가 없소!"

왜 누구는 현재에 발 딛고 있으면서 흘러간 과거에 살고, 오지도 않은 미래에 사는 걸까요? 그건 현재를 깨닫지 못했기 때문입니다. 주위를 둘러보세요. 소중한 것은 모두 '지금, 여기'에 있습니다.

우울함의 신호

"나, 우울해."

"진짜?"

"응."

"다행이다."

"그게 무슨 말이야. 우울하다니까."

"괜찮아. 너 스스로 자신이 우울한지 아는 것. 그건 네가 지극히 정상이란 뜻이야. 이제 희망을 가져봐. 그럼, 뭐든 잘될 거야."

지금 우울한가요? 마음이 우울하다는 건 새로운 걸 찾고 있는 것입니다. 사람 때문에 우울하다면 너무 걱정하지 마십시오. 새로운 관계를 시작할 때가 되었다는 신호입니다.

익숙한 사람들에게서 벗어나 호기심으로 낯선 사람들을 바라보십시오. 새로움이 보이고 인생이 살 만한 가치가 있다는 걸 발견할 것입니다. 우울하다는 건 사랑하고 싶다는 내면의 언어이니까요.

누군가의 이야기에 귀 기울여주는 법

한 소녀가 있었습니다. 그녀는 이야기를 좋아했고 자신의 이야기가 사람들을 기쁘게 한다고 생각했습니다. 그러나 세상 사람들은 그녀에게 너무 시끄럽다고 말했습니다. 사람들은 조금씩 소녀를 멀리하기 시작했고 그녀가 매번 같은 이야기 하는 걸 듣기 싫어했습니다.

소녀는 우울했습니다. 자신의 이야기를 들어줄 사람이 없다는 사실이 너무나 슬펐습니다. 그녀는 고민 끝에 어딘가에 있을 자신의 이야기를 들어줄 사람들이 사는 곳을 찾아 떠나기로 했습니다.

길을 가는 동안 그녀는 비를 만나고 바람을 만나면서 그들의 이야기를 들었습니다. 그리고 어느 봄날 수많은 꽃들의 이야기를 들었고 태양이 들려주는 무지개의 약속을 들었습니다. 그제야 소녀는 세상에는 자신의 이야기 말고도 많은 이야기가 있다는 사실을 알았습니다. 그리고 낯선 존재들은 모두 이야기를 가지고 있으며 저마다 자기 이야기를 들어줄 대상을 찾고 있다는 것도 배웠습니다.

그녀는 또다시 길을 떠났고 메아리 동산이란 곳에 도착했습니다. 참으로 신비한 일이 일어났습니다. 어디선가 소녀 자신의 목소리가 들려왔습니다. 그동안 사람들에게 했던 똑같은 이야기들이 끝없이 들려 왔고 그녀는 결국 귀를 막았습니다.

소녀는 정신없이 도망치다가 침묵의 바다에 도착했습니다. 바다는 고요했고 잔잔했습니다. 소녀는 용기를 내어 입을 열었습니다.

"저…… 누구 없어요?"

그리고 어디선가 들려올 대답에 귀를 기울였습니다. 한참이 지나도 아무 소리가 들리지 않았습니다. 그녀가 막 돌아서려는 순간 침묵하던 바다가 말을 했습니다.

"왜 너의 이야기를 하지 않니?"

"네? 그건……."

"그래. 이제는 알았구나. 누군가의 이야기에 귀 기울여주는 법을. 그것이 침묵이란다. 그리고 침묵을 아는 사람은 자유롭게 이야기할 수 있단다."

소녀는 사랑도 요란하지 않은 침묵으로 해야 한다는 바다의 말을 사람들에게 전하기 시작했고, 비로소 그녀의 주변에는 사람들이 모이기 시작했습니다.

어린 왕자가 소행성을 떠난 이유

"아빠! 왜 어린 왕자가 소행성 B612를 떠났어요?"

"그건, 떠난 게 아니고 여행을 간 거야. 이를테면 자신만의 세계를 벗어나 다른 세계를 탐험하고 싶은 꿈이라고나 할까."

"그런데 왜 장미를 두고 갔어요? 함께 데려가지."

"그건, 약간의 문제가 있었어. 그러니까 어린 왕자는 자신의 소행성에서 장미를 길들이다 속상했나봐. 왜냐하면 장미는 때때로 아무렇게나 말하고 요구했거든. 때로 거짓말을 하다가 부끄러워서 얼버무리기도 하고."

"엄마하고 아빠처럼? 아하, 그래서 떠났구나."

"그, 그렇지. 그런데 어린 왕자는 그것을 후회하지. 자, 들어봐. '사실 나는 아무것도 이해할 줄 몰랐어. 꽃이 하는 말이 아니라 행동으로 판단했어야 했는데. 꽃은 나에게 향기를 뿜어주었고 눈부신 아름다움을 보여주었는데. 그 불쌍한 말 뒤엔 따뜻한 마음이 숨어 있는 걸 눈치챘어야 했는데.' 그리고 이 말이 가장 중요해. '하긴 난 꽃을 사랑하기엔 너무 어렸어.'"

어느샌가 우린 어른이 되었지만 어쩌면 여전히 소행성에서 살고 있는 어린 왕자인지 모릅니다. 제대로 장미를 길들이지 못하면서 살고 있죠. 우리도 언젠가 홀연히 자신만의 소행성을 떠나 새로운 별을 찾아 떠나게 될 것입니다. 그 전에 생텍쥐페리가 남겨두고 떠난 세계를 이해해야 합니다. 그는《인간의 대지》에서 "일종의 황금 과실과도 같은 어린이는 생명의 아름다운 약속"이라고 적었습니다.

다시 이야기 속의 아이가 말합니다.
"아빠도 나를 길들이고 있어? 그럼, 나도 아빠를 길들여야지."

칭찬을 가까이

"내가 말했다고 하면 안 돼! 영숙이가 그러는데 네가 너무 욕심이 많대."

"아, 네가 그렇게 생각한다고?"

"아니, 영숙이가 그랬다니까. 미영이도 고개를 끄덕였고."

"아, 네가 그렇게 말하고, 고개를 끄덕였다고?"

"아니라니까. 내가 아니고 영숙이가 그랬다니깐. 그리고 그 자리에는 미영이도 있었고 순자도 네가 너무 욕심이 많다고 했다니까."

"그러니까. 네가 그랬다는 거잖아."

"아휴, 답답해 미치겠네. 내가 아니라 영숙이가 그랬다니까. 난 단지 네가 먹는 걸 너무 욕심 부린다고 했을 뿐이야."

"그러니까. 네가 그랬잖아. 지금도 그러고 있고."

누군가 다른 사람이 그랬다며 당신의 단점을 꼬집는다면 바로 그 사람을 멀리하십시오. 반대로 다른 사람이 칭찬하더라고 전해주는 사람이 있다면 그를 가까이하십시오. 함께할 사람을 구별할 줄 알면 삶이 달라집니다.

금수저와 흙수저

금수저가 은수저에게 말했습니다

"존재한다는 것만으로도 세상은 살 만한 가치가 있어."

그러자 은수저가 다시 물었습니다.

"가치가 뭐죠?"

"하하, 그러니까 네가 은수저인 거야. 가치란 값이지. 값은 이미 정해진 운명으로 태어나는 거라고."

그러자 금수저에게 음료를 가져다주던 흙수저가 한마디 했습니다.

"진정한 가치란 그런 게 아니에요. 관계를 아는 것이죠. 대상이 나와의 관계에서 어떻게 중요한지를 아는 거요."

"뭐라고? 야, 누가 그걸 몰라서 그래? 그래, 네 말대로 인간의 욕구나 관심의 대상 또는 목표가 되는 진, 선, 미 따위를 통틀어 이르는 말이 가치라고 치자. 그걸 알아서 뭐할 건데? 그걸 아는 넌 지금 나를 위해 서비스하고 있잖아."

"그래도 전 행복해요. 가치를 알고 인생을 가치 있게 살려고 노력하거든요. 당신은 행복하세요?"

금수저는 흙수저의 물음에 대답하지 못한 채 시선을 창밖으로 옮겼습니다.

수저론이 우리를 분열시키고 있습니다. 수저론은 본래 영어 표현인 '은수저를 물고 태어나다(born with a silver spoon in one's mouth)'에서 유래한 것인데, 유럽 귀족층에서 은식기를 사용하고, 태어나자마자 유모가 젖을 은수저로 먹이던 풍습을 빗댄 말이죠.

태어나자마자 부모의 직업, 경제력 등으로 본인의 수저가 결정된다는 사회 이론이지만, 실상은 누군가 사람과 사람 사이의 관계를 갈라놓으려고 만든 나쁜 말입니다.

어느 누구도 자신이 가진 것의 영원한 주인이 될 수 없습니다. 아무것도 가지지 못하고 떠나는 것이 인생이니까요. 그가 떠난 자리에는 오직 진정한 가치만 남을 것입니다.

진짜와 가짜

동자승이 큰스님에게 물었습니다.

"스님, 세상은 왜 시끄럽죠?"

"그야 가짜들이 많아서지."

"가짜요? 가짜가 무엇입니까요, 스님."

"진짜라고 말하는 게 가짜지. 진짜는 스스로 진짜라고 말하지 않아도 다 알거든."

"그럼, 스님은 진짜인가요?"

"흠…… 너는 내가 진짜인 것 같니? 아니면 가짜인 것 같니?"

"제가 어떻게 감히 그걸 판단할 수 있겠습니까요."

"흠…… 그렇다면 나는 가짜겠구나. 냉큼 보따리를 챙겨 떠나거라, 이놈아. 가짜에게서 무엇을 배울 수 있다는 게냐? 당장 떠나라."

"스님! 고정하십시오. 저는 스님이 진짜라는 걸 알고 있습니다. 하지만 소승이 어찌 감히 진짜에게 진짜라고 말할 수 있단 말입니까요."

"어허, 이놈이 그래도 입은 살아가지고. 네놈이 내게 가짜인지 진짜인지 묻는 순간 나는 가짜가 된 것이다. 그러니 어서 떠나거라."

"스님, 저는 도저히 스님의 뜻을 이해할 수 없습니다. 어찌 이러십니까요."

"흠…… 그렇다면 말해주마. 내 눈에는 네가 진짜로 보이기 때문에 그렇다. 그러니 좋은 스승을 찾아 정진하거라."

"스님, 그렇다면 떠나기 전에 한 가지 가르침을 주십시오. 제가 어찌하여 진짜입니까?"

"그야, 너는 세상이 시끄러운 것이 아니라 내 마음이 시끄러운 걸 알면서 물었기 때문이다."

"스님! 부디 저를 용서해주십시오. 소승이 큰스님을 농락하였습니다."

"아니다. 사실 그 시끄러운 소리는 내 마음에서 나는 것이었거늘, 내 어찌 너를 가르칠 수 있겠느냐. 그만 하산하거라."

마음을 훔치는 도둑

사람의 마음을 훔치는 도둑이 있었습니다. 그 도둑에게 마음을 빼앗긴 사람들은 자신이 누구인지 왜 사는지를 모른 채 살게 되었죠.

어느 날에도 도둑은 어떤 사람의 마음을 훔치기 위해 세상에 있는 온갖 종류의 부귀영화를 보여주고 있었죠. 그런데도 어찌된 일인지 그 사람은 시큰둥하며 좀처럼 마음을 내어놓지 않았습니다.

도둑은 뭔가가 잘못되었다고 직감했습니다. 부귀영화를 싫어하는 사람이 있다는 게 믿어지지 않았습니다. 도둑은 인간에게 결코 질문해서는 안 된다는 불문율을 깨고 질문하지 않을 수 없었습니다.

"저어, 여보게. 내 진심으로 궁금해서 그러는데 꼭 말해주게나. 인간이 어떻게 내가 보여준 부귀영화를 그토록 가볍게 볼 수 있는가?"

도둑은 심각하게 물었지만 그 사람은 너무 쉽게 대답했습니다.

"그게 뭐 별건가요? 요즘 게임 아이템이 얼마나 다양한데요. 금방 왕이 될 수도 있고 영웅이 되어 하늘을 날 수도 있으며 수많은 황금을 단번에 가질 수도 있다고요."

그제야 도둑은 깨달았습니다. 이제는 부귀영화로 안 되는 녀석들이 생겨나고 있다는 걸 말입니다.

우리가 꿈꾸는 것들도 어쩌면 게임 아이템처럼 가상현실하고 다를 바 없습니다. 컴퓨터만 끄면 끝나는 세상 말입니다.

멀리서 소문이 들리고 있습니다. 도둑이 사랑으로 마음을 훔치기 시작했다는.

행복한 돼지

행복한 돼지가 있었습니다. 그는 너무 행복해서 견딜 수가 없었지만 어떻게 하면 더 행복할 수 있을까 고민했습니다. 그러다가 좋은 생각이 떠올랐고 곧바로 행동에 옮기기로 했습니다.

다른 돼지들의 행복을 빼앗는 것, 그는 너무 즐거워지고 생각만 해도 행복해졌습니다. 이왕이면 돼지들이 많이 모여 있는 광장으로 가서 만나는 돼지들에게 행복을 받아내고 싶었습니다.

그는 행복에 겨워 광장으로 달려갔습니다. 예상대로 광장에는 수많은 돼지들이 있었고, 무슨 일 때문인지 모두가 즐겁고 흥겨운 모습들이 무척이나 행복해 보였습니다. 그건 벤치에 혼자 앉아 뭔가를 사색하는 돼지들도 마찬가지였죠. 그는 목소리를 가다듬고 가능한 한 정중하게 광장에서 만나는 돼지들에게 소리를 냈습니다.

"여보시오들! 당신들이 가진 행복 하나씩을 내게 주시오. 난 지금 충분히 행복하지만 더 큰 행복을 누리고 싶소."

그런데 이상했습니다. 그의 말을 알아듣는 돼지가 하나도 없었습니다.

행복이란 행복하다고 느끼는 순간 더 큰 행복을 요구하게 됩니다. 그렇게 되면 곧바로 행복은 사라지고 그 자리에 욕망이 대신하게 됩니다. 어쩌면 행복이란, 객관적일 때만 보이는 상대적 개념 아닐까요? 다른 돼지들이 행복해 보이는 것, 그것이 진짜 행복이었다는 걸 행복한 돼지는 알지 못했습니다.

행복은 내가 경험하는 세계가 아니라 다른 존재들이 나를 보고 경험하는 세계라는 뜻입니다.

지금 행복한가요? 그렇다면 그대 가까이에 있는 누군가가 행복해하고 있는 것입니다.

바다의 위로

한 소녀가 바닷가에서 울고 있었습니다. 그런 소녀를 향해 누군가 말했습니다.

"울지 마……."

소녀는 깜짝 놀라며 주변을 돌아보았지만 아무도 보이지 않았습니다. 곧이어 또 목소리가 들려왔습니다.

"네 슬픈 눈물 때문에 내가 더 짜졌어."

바람 소리 같았지만 분명한 목소리였습니다.

"누, 누구세요?"

"응. 난, 네가 바라보고 있는 바다야."

"정말 놀라워요. 바다가 말을 하다니."

"그래. 난 말을 하지. 하지만 모두가 내 목소리를 들을 수 있는 건 아니야. 슬픈 사람, 너처럼 나와 하나가 되려는 사람에게만 들리지. 그것도 사랑 때문에 울고 있는 사람들에게만 들리는 거야."

소녀는 바다의 위로를 들으면서 울고 또 울었습니다. 한참이나 그녀의 사랑 이야기를 모두 들어준 바다가 다시 말했습니다.

"이제 돌아가. 그리고 언제든 울고 싶을 때면 나에게로 와서 쏟아내. 물론 난 더 짜지겠지만."

바다는 슬픈 사람들의 눈물이 모이는 곳입니다. 그 슬픔이 모여 바람이 되고 파도가 되고 또 비가 되어 모든 생명을 살리는 것입니다.

그대들에게도 슬픈 사랑 이야기가 있다면, 그래서 한없이 울고 싶다면 홀로 바다로 가십시오. 그대들의 눈물을 바닷가에 떨어뜨리면 바다의 목소리를 듣게 될 것입니다.

친구

친구가 친구를 불렀습니다.

"친구야!"

"왜? 친구야."

"응. 나, 아파."

"어디가?"

"마음이……."

"왜?"

"너 때문에……."

"나?"

"아니, 너 말고 친구."

"그러니까. 나?"

"너가 친구니?"

"……."

친구가 아픈 것도 모른다면 그는 둘 중 하나입니다. 친구가 아니든지, 친구가 뭔지 모르는 자신이 누구인지 모르는 사람입니다.

생각을 바꾸면 운명이 바뀐다

고민에 빠진 한 여자가 소문난 작명소를 찾아갔습니다. 도사는 그녀를 보자마자 고개를 끄덕이며 말했습니다.

"일이 안 풀려서 이름을 바꾸려고 오셨군요."

"어머나! 정말 족집게시네요."

"그래 어떤 이름을 원하세요?"

"네? 그걸 제가 어떻게 알아요. 그걸 알면 여기 왜 왔겠어요."

"그렇군요."

한참을 뭔가를 끼적이던 도사는 그녀의 이름을 명자에서 명숙으로 바꾸라고 했습니다.

"저어, 선생님. 명숙이 무슨 뜻이죠?"

"뜻은요? 아무 뜻 없습니다."

"네? 그게 무슨 말씀이세요? 뜻이 없으면 이름을 뭐 하러 바꿔요?"

"여기 오신 건 일이 잘 안 풀리니까 이름을 바꾸려는 게 아닙니까?"

"네, 맞아요. 이름을 바꾸면 운명이 바뀐다고 해서……"

"바로 그거요. 명자에서 명숙이로 바꾸는 순간 다른 사람이 된 겁니다, 조금 전 명자는 사라지고 없는 겁니다."

"선생님! 그게 무슨 말씀이세요? 제 생각은 명자에서 명숙이가 되도 똑같은데, 어떻게 다른 사람이라는 거죠?"

"그게 바로 착각이라는 겁니다. 손님은 이제 명자가 아닙니다. 분명 명숙이죠. 그런데…… 명자처럼 착각하는 것만 고치면 운명이 바뀌는 겁니다. 안 그렇습니까? 명숙 씨!"

"그러니까…… 제 생각을 바꾸라는 거죠?"

"바로 그겁니다. 명자 씨!"

여자는 만족하며 작명소를 나왔습니다.

자리 하나를 바꾸면 보이는 것들

꼬마 의자가 어른 의자에게 물었습니다.

"아빠, 아빠 자리는 어른들만 앉고 제가 앉은 이 자리는 아이들만 앉을 수 있는 거예요?"

"아니, 그건 아니란다. 자리란 크기에 상관없이 누구나 앉을 수 있는 것이지."

"그런데, 왜 사람들은 당연하다는 듯이 어른들은 아빠 쪽으로, 아이들은 제 쪽으로 오는 거죠?"

"음…… 그건 익숙한 생각 때문에 그렇단다. 이를테면 습관이 들어서지. 뭔가를 바꾼다는 건 그렇게 어려운 일이란다. 바꿔보면 보이는 것이 아주 많은데도 작은 생각, 사소한 습관 하나를 바꾸지 않기 때문에 다양한 것을 못 보고 사는 거야."

자리 하나, 의자 하나만 바꾸어도 보이는 것들이 달라집니다. 다니는 길을 바꿔보십시오. 조금 멀어도 직선보다는 고불고불한 골목을 돌아가보십시오. 분명 어제와는 다른 생각을 하고 낯선 것을 보고 있는 자신을 발견할 것입니다. 우리가 맞닥뜨려야 하는 진실들은 익숙함 바깥에 있습니다.

생각하는 사람

생각이 사람에게 물었습니다.

"제가 아저씨 생각 하는 거예요? 아니면 아저씨가 제 생각 하는 거예요?"

"글쎄다. 가끔 네가 내 생각 하고, 나도 가끔 네 생각 하지 않을까?"

"그럼, 아저씨는 제 생각 하지 않을 때는 뭐 해요?"

"글쎄다. 아무래도 뭔가를 먹고 있거나 돈을 세고 있거나 아니면 자고 있지 않았겠니? 그러는 넌 내 생각 하지 않을 때는 뭐 하니?"

"글쎄요. 아무래도 그냥 멍 때리고 있지 않았을까요?"

생각과 인간은 분리될 수 없습니다. 함께 있어야 존재가 성립되죠. 하지만 생각 없이 산다고 해서 존재가 아닌 것은 아닙니다. 단지 가여운 존재일 뿐입니다.

하나밖에 모르는 사람

어느 방송국에서 '박사의 날'을 지정해서 수많은 박사들을 초청했습니다. 박사들은 서로의 명함을 주고받으며 자신들의 전공 분야를 이야기하며 기조연설을 듣기 위해 기다렸습니다. 잠시 후에 한 사내가 박사들의 박수를 받으며 단상에 올라 마이크 앞에 섰습니다. 그를 본 누군가가 큰 소리로 말했습니다.

"아니, 저 사람은 오 박사 조수가 아닌가?"

"뭐?"

여기저기서 이해할 수 없다는 듯이 야유를 하기 시작했습니다. 왜냐하면 기조연설은 노벨상 후보로까지 오르내리고 있는 오 박사가 하기로 되어 있었기 때문입니다. 이윽고 시끄러운 야유에도 오 박사의 조수라는 사람이 무엇인가를 펼쳐 읽기 시작했습니다.

"존경하는 박사 여러분. 국내 처음으로 지정된 '박사의 날'을 맞이하여 본인이 기조연설을 하기로 되어 있었습니다. (……) 그러므로 오로지 하나밖에 모르는 제가 감히 여러 박사님들 앞에서 기조연설을 할 자격이 없으므로 둘 이상을 아는 제 조수를 기조 연설자로 보내니 이해해주시기 바랍니다."

편지를 모두 읽은 오 박사의 조수가 굳은 표정으로 박사들을 바라보며 입을 열었습니다.

"존경하는 박사님들. 제가 존경하는 오 박사님께서는 늘 이런 말씀을 하십니다. '여보게, 내가 자네를 채용한 건 내가 하나밖에 몰라서라네. 난 평생 하나만을 연구했지. 연구는 성공했을지 몰라도 인생은 실패했지. 그러니 이제부터 자네가 해야 할 일은 내게 둘 셋을 가르치는 일이네. 다시 말해서 자내는 내게 인생을 가르치는 선생으로 고용된 것일세.' 존경하는 박사님들. 오늘 저는 이 자리에서……."

그는 연설을 계속했지만 박사들은 하나둘 조용히 자리를 빠져나갔고 마지막엔 한 사람만 남아 있었습니다. 그러자 오 박사의 조수가 물었습니다.

"박사님은…… 무슨…… 박사이기에 아직 자리에 계십니까?"

"문학 박사입니다. 난 오늘에서야 내가 하나밖에 모르는 사람이라는 걸 깨달았습니다. 당신은 내게도 스승이오."

하나로 성공한 사람들은 둘 이상을 모릅니다. 둘 이상을 알 때 비로소 인생이 행복하다는 걸 이야기 속의 박사들은 몰랐습니다. 하나에만 몰입한다는 것은 삶의 다양한 것들을 바라볼 기회를 놓치는 일이기도 합니다.

숨을 쉬는 이유

사람이 산 정상 바위에 올라 거칠게 숨을 몰아쉰 후에 "야호!" 하고 소리쳤습니다. 사람은 그 말할 수 없는 기분 좋은 맛에 정상 바위에 오르는 걸 좋아했습니다. 사람은 지난주처럼 정상에 오른 기쁨을 느끼고 내려가려고 했죠. 바로 그때였습니다.

"왜 숨을 쉬세요?"

사람은 너무 놀라 바위에 주저앉고 말았습니다. 분명 자신이 올라서 있는 바위가 말하고 있었습니다.

"왜 숨을 쉬세요?"

"모, 몰라요. 아니, 사, 살려고요. 숨을 쉬지 않으면 죽으니까……."

"에이, 그건 좀 이해할 수 없네요. 그럼, 왜 숨을 쉬지 않는 나는 살아 있죠?"

"몰랐어요. 바위가 살아 있다는 걸……."

"사람은 참 이상해요. 진짜와 가짜를 동시에 믿는 모순에 사니까요. 다시 물을게요. 왜 숨을 쉬죠?"

"몰라요. 정말 모르겠어요."

"하하. 간단해요. 움직이기 위해서예요. 숨 쉬지 않으면 이곳에 올라올 수 없어요. 제가 이 자리에 몇 천 년 동안 움직이지 않고 있는 이유도 숨을 쉴 수 없기 때문이죠."

"숨 쉬지 않고도 당신처럼 영원히 살아 있으면 좋은 것 아닌가요?"

"그럼, 나랑 바꿀래요? 당신이 움직이지 않은 채 이 자리에 오백 년만 있어보세요. 그것이 얼마나 큰 고통인지……."

사람이 숨을 쉰다는 건 움직이기 위해서죠. 부지런히 움직이세요. 누군가를 찾아가고 만나 함께 숨을 쉬세요.

타인의 마음을 보라

역에서 기차를 기다리던 세상에서 가장 슬픈 여자가 세상에서 가장 슬픈 남자에게 말했습니다.

"뭐가 그토록 당신을 슬프게 했죠?"

"아무도 제 마음을 몰라주는 것이요. 당신이 슬픈 것도 나와 같은 이유겠죠?"

"네. 그래요."

그런 두 사람의 대화에 신문을 덮고 자던 노숙인이 벌떡 일어나며 말했습니다.

"이제 뭐 두 사람은 하나도 슬프지 않겠네. 마음 알아주는 상대를 만났으니까."

노숙인의 말에 두 사람은 고개를 끄덕였지만 슬픔은 달라지지 않았습니다. 우연이었는지 필연이었는지 두 사람은 안 작가를 만나러 가는 중이었습니다. 기차 안에서도 많은 이야기를 나누었지만 여전히 세상에서 가장 슬픈 여자와 남자의 모습에서 벗어나지는 못했습니다. 그런 두 사람이 안 작가를 만나 물었습니다.

“왜 우린 세상에서 가장 슬플까요?”

안 작가가 곧바로 대답했습니다.

“그야, 다른 사람 마음을 몰라주니까 그렇지요.”

자신이 세상에서 가장 슬프다고 생각하는 사람들의 공통점은 다른 사람들의 마음에는 관심이 없다는 것입니다. 오직 자기 마음만을 알아주길 바라죠. 만일 당신이 그런 사람이라면 이제라도 생각을 바꾸십시오. 다른 사람의 마음을 들여다보면 그 안에 당신의 마음이 보일 것입니다.

찔레꽃과 장미꽃

빨간 장미꽃과 찔레꽃이 서로 아름다움을 자랑하고 있었습니다.

"난 세상에서 가장 아름다운 꽃이야."

장미꽃의 말에 찔레꽃이 대답했습니다.

"아니야. 넌 화려하기만 하지, 꽃이란 순수해야 해. 그리고 그래봤자 넌 돈 천 원에 팔려 다니는걸."

그러자 장미꽃이 반박했습니다.

"그러는 넌? 공짜라도 선물하지 않잖아. 세상에 가치 있는 것은 모두 돈 주고 사야 해."

"바보! 가치 있는 것을 돈 주고 산다고? 우리가 꽃을 피울 수 있도록 해주는 비와 바람, 이슬, 태양의 가치를 어떻게 돈을 주고 살 수 있단 말이야?"

장미꽃은 찔레꽃의 말을 이해할 수 없었습니다. 처음 들어보는 말이었기 때문입니다.

찔레꽃은 장미꽃이 비닐하우스에서 자랐다는 걸 알았습니다. 며칠 뒤 비바람이 불더니 햇볕이 오래 내리쬐었습니다. 장미꽃은 그날부터 시름시름 앓더니 결국 시들어버렸습니다. 찔레꽃은 그런 빨간 장미를 양지바른 곳에 묻어주었습니다.

이듬해가 되자 그곳에는 작고 하얀 장미가 수없이 피어올랐고, 사람들은 그 꽃을 찔레꽃이라 부르기 시작했습니다.

어떻게 사랑해야 하지?

책이 사람에게 말했습니다.

"난 사랑받고 싶어요."

사람이 물었습니다.

"어떻게 사랑해야 하지?"

책이 대답했습니다.

"날 읽어주세요."

사람은 잠시 망설였습니다. 그러다 아하! 하고 소리치며 책을 읽기 시작했습니다. 마음을 읽어주는 것. 그것이 사랑이라는 걸 깨달았습니다.

사랑한다는 말을 들었을 때

한 남자가 한 여자에게 말했습니다.

"사랑해!"

그런데 여자는 아무런 반응이 없었습니다. 그러자 남자가 다시 말했습니다.

"사랑한다고!"

이번에도 여자는 아무 말이 없었습니다. 이렇듯 아무 반응이 없는 여자에게 남자는 조바심을 내며 더 많은 말을 했습니다.

"왜 그래? 무슨 일 있어? 사랑한다고 했잖아. 당신은 나 사랑 안 해? 답답해. 뭐라고 말 좀 해봐. 응?"

사랑에는 시간이 필요합니다. 물음도 대답도 조바심내서는 안 됩니다. 누군가에게는 일 초도 안 걸리지만 누군가에게는 평생이 걸리는 문제이니까요. 누군가로부터 사랑한다는 고백을 들었다면 잠시 상대의 눈을 말없이 응시하고 바라보세요. 그 사랑이 진짜라면 그의 눈에서 당신을 기쁘게 할 사랑이 보일 것입니다.

슬픔을 이해한다는 것만으로도

비가 말했습니다.

"누군가를 사랑한다는 건 슬픈 일이에요."

그러자 태양이 말했습니다.

"나는 그 마음 알아요."

다시 비가 말했습니다.

"고마워요."

비는 잠시 행복했습니다. 이루어질 수 없어도, 아무것도 달라지는 게 없어도, 그가 자신의 슬픔을 이해한다는 것만으로도.

사진 한 장에 담긴 것

사진이 자신을 보고 있는 사진 속 주인공에게 말했습니다.

"날 보며 무슨 생각해요?"

"글쎄. 뭐 그냥 이게 나구나 하고 느끼는 거 아닌가?"

"에이, 그건 기본이고요. 자기가 예쁘게 나왔는지, 또는 멋있게 나왔는지 생각하며 사진을 보는 건 아닐까요?"

"그건 사람을 너무 비약하는 건 아닐까? 왜냐하면 사진 한 장을 보는 순간 마치 타임머신을 타고 그때 그 순간으로 돌아갈 수 있는 능력은 누구에게나 있거든. 그리고 사람은 자신의 모습만 보지 않고 사진 속 배경과 조화를 이뤘는지를 따져보는 예술성도 가지고 있지."

"물론 그렇겠죠. 인간은 탁월성을 가진 존재이니까. 하지만 난, 지금 사진에 대해 말하는 거예요. 지금 나는 너고 너는 나라는 사실에만 집중해야 주제를 벗어나지 않는 거라고요."

"아, 그러니까 넌 지금 내가 사진 속의 너인지 아닌지가 궁금하다는 거지? 동일인인지 아닌지."

"맞아요. 바로 그거죠. 사진은 사물의 모습을 가장 진실하고 정확하게 순간으로 포착하고 압축해 진실을 말하거든요. 그리고 사진에 담긴 사물이나 사람은 곧바로 다른 존재로 변화하죠."

"그러니까 네 말은 너와 내가 다르다는 거야? 넌 그대론데 내가 변했다는 건가?"

"변화가 아니라 변질이라고 해야 정확한 말이겠죠. 그렇다고 너무 자책하진 마세요. 어차피 당신은 또 사진을 찍을 테고 그때마다 순수는 보존될 테니까."

인생은 흐르는 물과 같은 것, 사진만이 잠시 멈추게 할 수 있습니다. 가능한 한 사진 속에 자신을 많이 남기십시오. 사진 한 장이 찍힐 때마다 그대들의 순수가 사진 속에 기록되고 보관되니까. 하지만 또 기억하십시오. 우리의 눈도 카메라라는 사실을, 우리 마음속에는 영원한 사랑이 무수히 찍혀 있다는 걸.

사랑을 경험 없이 논한다는 건

어느 유명 대학에 사랑학 교양 강좌가 개설되었습니다. 인문학 강의로 유명한 스타 교수가 강의를 맡았다는 소식에 사람들이 몰려들었습니다. 그들은 알 듯 모를 듯한 사랑에 대해 교수가 어떤 가르침을 줄지 궁금해했습니다. 교수는 한 시간 동안 열띤 강의를 했고 사람들의 반응도 좋았습니다.

"이렇게 많은 분들이 우리 대학의 사랑학 강의를 청강해주셔서 고맙습니다. 자, 그럼 다음 시간에 뵙겠습니다."

"저어, 선생님. 질문이 있습니다. 선생님께서 언젠가 인문학 특강을 하실 때 사랑을 경험해보지 않았다고 하셨는데, 사랑을 책에서 배운 이론으로만 강의를 해도 되는 건가요?"

"음…… 좋은 지적입니다. 하지만 소크라테스와 니체를 만난 적이 없어도 전 세계 석학들이 그들에 대한 강의를 하고 있습니다. 또 예수님을 만난 적 없는 목사님이 성서를 읽고 설교를 하고 부처님을 만난 적 없는 스님들도 법문을 말합니다."

"하지만, 사랑은 경험 없이는……."

"음…… 알겠습니다."

교수는 더 이상 사랑학 강의를 하지 않았습니다. 몇 년 후 교수가 안 작가를 찾아왔습니다.

"아니, 선생님. 여기까지 어쩐 일로? 그동안 어디 계셨습니까? 그렇지 않아도 그때 마지막 질문을 하지 말았어야 했는데, 늘 후회하며 지내고 있었습니다."

"아니오. 아마 그 질문이 없었다면 정말 난, 평생 사랑 한 번 못 해봤을 거요. 이제야 사랑이 무엇인지 알 것 같소. 경험 없이 사랑을 논한다는 건 사랑을 모독하는 것임을 깨달았소."

고전에 혹은 경전에 있는 걸 연구해가며 강의할 수는 있습니다. 하지만 사랑만큼은 다릅니다. 반드시 경험이 있어야 하죠. 그러나 여기서 경험이란 사랑이라고 착각했던 경험을 뺀 것입니다.

소녀와 거울

유난히 거울 보기를 좋아하는 소녀가 있었습니다. 잠자기 전에도 아침에 일어나서도 거울을 보지 않고는 견딜 수가 없었습니다. 소녀는 심지어 길을 걸을 때도 거울을 들고 걸었습니다.

어느 이른 봄날, 소녀는 자신이 먼 여행을 떠나왔다는 걸 알았습니다. 비록 혼자였지만 소녀는 외로움이 무엇인지 몰랐습니다. 소녀 곁에는 항상 함께하는 거울이 있었고, 거울 속의 '나'가 있었습니다.

그러던 어느 날 거울을 보던 소녀는 너무 놀라 거울을 바닥에 던졌고 거울은 소리를 내며 깨지고 말았습니다. 거울 속에는 주름 많은 할머니가 살고 있었습니다. 거울이 깨지자 소녀는 마법에서 풀려난 듯 자유를 느꼈습니다.

우리는 매일 늙어가고 있습니다. 당신이 그걸 느끼지 못한다면, 거울 속에 고정된 자신의 모습에 홀려 있지 않은지 돌아보십시오.

순수와 순수 그 너머

"너희들, 어디서 태어났는지 알아?"

초등학교에 들어간 별이가 남동생들에게 물었습니다.

"엄마 배꼽!"

두 동생들은 동시에 소리쳤습니다. 여러분들은 정답을 알고 있나요? 아마 남동생들의 대답이 맞는다고 생각하지는 않을 것입니다. 그리고 빤한 답이라고 일축할지 모릅니다. 그래서 저는 별이에게 물었습니다.

"그럼 별이는 어디서 태어났다고 생각하는데?"

"음…… 엄마 아빠의 마음? 사랑?"

얼마 전까지만 해도 엄마의 잠지라고 말했는데 정말 뜻밖이었습니다. 별이의 생각이 깊어진 건 엄마가 잠들기 전에 들려준 인문학적인 이야기들 덕분입니다. 어쩌면 여러분 중에도 아직까지 엄마의 잠지라고 생각하는 분이 있을지 모르겠습니다. 어른인 여러분이 엄마의 잠지에서 태어났다고 믿고 있다면, 배꼽에서 태어났다고 말하는 아이들보다 못할지도 모릅니다. 왜냐하면 아이들의 대답은 긍정적이며 순수한 인문적 사유이기 때문이죠.

어른이란 순수를 잃어버린 존재가 아니라 순수 너머까지 아는 존재를 가리키는 말입니다. 순수하지도 순수 그 너머를 보지도 못한다면 여러분은 도대체 어디에 살고 있나요?

생각이 있고 없고의 차이

생각이 없는 사람이 생각이 있는 사람에게 물었습니다.

"도대체 생각이란 게 뭐요?"

"글쎄요. 다른 사람들을 보지 못하는 거 아닐까요?"

"그게 무슨 말이오? 내 눈엔 지금 당신이 보이는데, 그럼 나는 생각이 있는 사람인 거요?"

"정말 내가 보인단 말인가요?"

"아니, 이 사람이…… 지금 말장난하자는 거요?"

"그것 봐요. 당신은 방금 화를 내지 않았나요? 그건 자신만 보이는 사람들에게 공통적으로 나타는 증상이에요. 생각이 없는 사람들의 특징이기도 하죠."

생각이 없는 사람이 한참 동안 고개를 떨어뜨리고 있다가 물었습니다.

"그럼 당신은 내가 보이는 거요?"

"아…… 이제 조금 보입니다. 사실 조금 전까진 저도 안 보였거든요."

"그럼, 당신과 나의 차이는 뭐요?"

"차이라뇨? 그냥 이름만 다를 뿐이지."

도마뱀의 성인식

도마뱀 소년이 사색이 되어 소리치며 달려왔습니다.

"사람을 만났어. 난 이제 어떡하면 좋아?"

도마뱀 소년은 급기야 눈물까지 흘리며 잘려나간 꼬리 쪽을 가리켰습니다. 그때 마을에서 가장 연장자인 도마뱀 아저씨가 나타나 웃으며 말했습니다.

"얘야, 축하한다. 드디어 성인이 되는구나."

"네? 전 지금 심각해요. 사람에게 밟혀 꼬리를 잘렸다고요."

"꼬리가 잘리는 건, 성인이 되는 신고식이란다. 꼬리가 다시 자랄 때까지 깊은 성찰의 시간을 가져야만 비로소 어른이 될 수 있어."

"꼬리가 다시 자라……긴 하나요?"

"그럼. 자라고말고. 걱정하지 말렴. 다시 자랄 때는 이전 것보다 더 멋지고 강해질 것이야."

도마뱀 소년은 침묵의 방으로 들어갔습니다. 그곳에는 그처럼 꼬리가 잘린 도마뱀들이 조용히 명상을 하고 있었습니다.

나는 누구입니까?

"나는 누구죠?"

"나는 누구입니까?"

"내가 누구인지 아세요?"

"혹시 나에 대해서 아세요?"

이천오백 년 전에 한 노인이 온종일, 아니 매일 묻고 다녔습니다. 사람들은 모두 미쳤다며 검지를 머리에 대고 빙글빙글 돌렸죠. 이천오백 년이 지나서야 한 청년이 그 질문에 대답했습니다.

"소크라테스잖아요."

이것도 저것도 아닌

눈이 비에게 말합니다.

"넌 내가 될 수 없어."

비도 눈에게 말합니다.

"너도 내가 될 수 없어."

그러자 둘 사이에서 소리가 들립니다.

"그럼 난 누구지?"

눈과 비가 동시에 대답했습니다."

"진눈깨비!"

"진눈깨비? 그게 무슨 뜻인데?"

눈이 비를 보면서 말했습니다.

"그, 글쎄. 이것도 저것도 아니라는 뜻 아닐까?"

이것도 저것도 아닌 삶. 어쩌면 당신은 그렇게 살고 있지는 않나요?

특별하지 않은 것은 없다

손가락이 발가락에게 말했습니다.

"대단해!"

"뭐가?"

"열 개가 서로 특별하지도 않으면서 함께 잘 살고 있다는 게."

"우린 가족이니까. 아참, 요즘 넌 혼자 살더라?"

"그, 그게 무슨 말이야? 나에게도 가족이 있어."

"그래, 있었지. 새끼손가락처럼 언약할 때 쓰던…… 하지만 모두 옛날 얘기지. 남은 건 검지뿐이잖아? 스마트폰 화면을 터치하는 바로 너 말이야."

"그렇지 않아. 나에게도 가족이 있다고! 악수를 할 때도 물건을 잡을 때도 누군가를 안고 어깨를 토닥일 때도 우린 함께한단 말이야."

"아. 서로 특별하지도 않으면서 함께 살고 있는 나머지 아홉 개?"

그제야 손가락은 자신이 실언을 했다는 걸 깨달았습니다.

동문서답

생각을 많이 하는 사람이 생각하지 않는 사람에게 물었습니다.

"산다는 걸 어떻게 생각하세요?"

"글쎄요. 좋아해요."

"무료하지는 않으세요?"

"글쎄요. 공짜로 사는 게 어디 있나요? 값을 지불해야지……."

"얼마나 사셨는데요?"

"글쎄요. 많이 사고 살았죠."

"그렇군요. 젊어 보이는데……"

"산 것으로 치면, 중학교 때부터니까 많죠."

"그래도 철이 빨리 드셨나봐요. 중학교 때부터 산다는 것이 무엇인지 알았으니까요."

"그럼요. 사는 게 좋았으니까."

인생의 의미와 물건 사는 일이 묘하게 얽혀 드는 대화입니다. 이런 걸 두고 동문서답이라 하죠. 서로 다른 이야기를 하고 있어도 소통에 문제가 없어 보이는 것. 지금 우리의 상황은 아닐까요?

길을 묻는 질문들

안 작가가 개울가에 앉아 깊은 명상을 하고 있었습니다. 인문학을 찾아 수행 중이던 스님이 지나가다 보고 물었습니다.

"선생님은 왜 그곳에 앉아 있습니까?"

"그대는 왜 길을 가는가?"

"제가 먼저 물었습니다."

"질문에는 처음과 나중이 없다. 단지 길을 묻는 질문이어야 한다. 그대가 보기에는 내가 앉아 있는 것으로 보이지만 나는 지금 쉬지 않고 가고 있다."

"오…… 정말 심오한 경지로군요."

스님은 안 작가를 인문학적 화두로 몰아붙이고 싶었습니다.

"그렇다면, 선생님! 생각은 무엇입니까?"

"생각이란, 흐르는 물을 손주걱으로 퍼 올리는 것."

"사유는?"

"물이 되어 흐르는 것."

"사색은?"

“물 냄새를 맡는 것.”

“몰입은?”

“물속에 빠지는 것.”

“통찰은?”

“물속 아래 물고기와 조약돌이 보이는 것.”

“관조는?”

“물에 비친 물속의 내가 물 밖에 있는 나를 바라보는 것.”

“성찰은?”

“물을 마시는 것, 그래서 주체가 객체화되는 것.”

“선생님은 깨달은 자가 분명하군요. 저어, 선생님, 그런데 혹시 이 근처에 안 작가 작업실이 있다고 들었는데, 아시는지요?”

“그대는 지금 그의 작업실 안에 서 있다.”

“그렇다면 선생님이…… 바로?”

“아니다. 그는 길을 떠났고, 나는 아무것도 아닌 허상이다.”

소통과 대화를 위한 앎

"할아버지, 개들은 왜 짖어요?"

"여러 가지 이유가 있겠지, 예를 들면 배가 고프거나 갈증이 나서. 또 낯선 누군가를 경계하기 위해서이지. 그리고 꼬리를 흔들면서 짖을 때는 아는 사람을 본 것에 반가움의 표현이라고나 할까……."

"할아버지, 그럼 개들도 생각하는 거예요?"

"생각? 글쎄다. 그건…… 생각해본 적이 없구나. 어쩌면 그냥 본능이 아닐까."

"어떻게 생각하지 않고, 배가 고프다고 짖고 낯선 사람과 아는 사람을 구분해요?"

"그러니까. 본능이 아닐까라고 했잖니?"

"안 작가가 쓴 글에서 봤는데요. 개의 본능은 오직 물어뜯는 것이고, 그 나머지는 생각이래요. 짖는 것도……"

"똥 싸는 것도?"

"그럼요. 그렇지 않으면 아무 데나 싸겠죠."

"개는 아무 데나 싸잖니?"

"할아버지도 참. 개가 화장실이 어딨어요? 아무 데나가 화장실이지……."

"그, 그러네."

"할아버지, 그럼 사람의 본능은 어떤 건지 아세요?"

"글쎄다. 한두 가지가 아니라 아주 많지 않겠니?"

"아뇨. 안 작가가 쓴 글에는 딱 세 개가 있는데, 하나는 생각하지 않고 사는 것, 또 하나는 폭력을 행사하는 것. 그리고 다른 하나는 모르면서 우겨대는 거래요."

"그 사람…… 한국 사람 맞니? 우리나라 사람들은 본능이란 먹고 싸는 것으로만 아는데…… 참 이상한 사람이구나."

"하하. 할아버지, 개가 왜 짖는지 아세요?"

"또 그 사람의 글에서 본 거냐?"

"네. 개가 짖는 이유는 자신의 생각을 말하는 것이래요. 그런데 사람들은 그걸 짖는다고 생각하는데, 그건 생각하지 않고 말하는 것이래요. 그래서 만일 생각 없이 말하는 사람이 있다면 그 사람도 말하는 것이 아니라 짖는다고 해야 맞대요. 재밌죠? 할아버지."

"재미있기는…… 그 사람은…… 너무 복잡하게 사는 것 같구나."

"그걸…… 인문학적…… 사고라고 했어요."

"음……."

대학을 나온 할아버지 할머니들이 많지만 손자 손녀들의 인문학적인 질문에 마땅한 대답을 해주는 이는 드뭅니다. 대화와 소통이 사라지는 건 어쩌면 우리가 삶과 세상에 대해 아는 것이 없어서가 아닐까요? 사랑도 마찬가지입니다. 알아야 말할 수 있고, 실천할 수 있습니다.

우리 안의 유한과 무한의 세계

깨어 있는 삶이 잠자면서 꾸는 꿈에게 물었습니다.

"난 가끔 사는 게 힘이 들 때면 네가 되어 살고 싶어. 아니, 그냥 너로 존재하고 싶어."

그러자 잠자면서 꾸는 꿈이 말했습니다.

"그건 나도 그래. 나 역시 악몽이라도 꾸게 되면 너무 힘들어서 곧바로 네가 되고 싶어. 그냥 너처럼 깨어 있는 채로 살고 싶어."

"그렇구나. 너도 힘든 때가 있구나. 그럼 우리 이렇게 하는 게 어때?"

"어떻게?"

"내가 힘들어할 땐 네가 날 데려가줘. 네가 힘들어할 땐 내가 깨워줄게."

현실이 힘이 들면 사흘이고 나흘이고 꿈속으로 들어가십시오. 그리고 악몽을 꾸거든 곧바로 깨어나 사흘이고 나흘이고 깨어 있으십시오. 그러나 꼭 기억해야 할 것이 있습니다. 깨어 있는 삶과 자면서 꾸는 꿈은 자기 동일성이라는 사실입니다. 그리고 우리가 유한과 무한의 세계를 동시에 살고 있는 정말 멋진 존재라는 걸 말입니다.

안하림의 인문학 우화 01

마음을 길어 올리는 시간

1판 1쇄 인쇄 2019년 3월 5일
1판 1쇄 발행 2019년 3월 12일

지은이 · 안하림
그린이 · 클로이
펴낸이 · 신현미

문화공간 창
56123 전라북도 정읍시 산외면 종운로 260
전화 · 1577-1903
신고번호 · 제 2018-000002호(2018. 5. 1)

유통 및 영업 관련 문의 · (주)은행나무출판사
전화 · 02)3143-0651~3 | 팩스 · 02)3143-0654
ehbook@ehbook.co.kr

잘못된 책은 바꿔드립니다.

ISBN 979-11-966056-0-5 03810